Terre rase

1

La fenêtre

— Ils dorment, mon chien !... Ils dorment tous. On va les réveiller !

Simm se baissa, ramassa une pierre, la lança – drue – sur la bande claire de la chaussée. Elle ricocha, se perdit dans l'ombre de ce tronçon de rue, bordé de maisons hautes, que l'aube n'avait pas encore éclaboussé.

Bic dévala, retrouva la pierre en dépit du sol noir, revint triomphant.

— Tu es dégourdi, mon chien !... Dans le clair, dans le foncé, toi, tu trouves toujours !

Le vieil homme lui frottait le museau entre ses deux mains, lui tapotait les flancs.

— Tu aimes ça, dis ?

Bic jappait de plaisir.

Simm aimait ça, lui aussi. Sentir sous les paumes cette joie, cette fatigue roulées l'une dans l'autre ; cette fatigue, cette joie – palpitantes, tangibles – qui prenaient os, qui prenaient chair.

Tout juste l'aube. La saison estivale battait son plein ; mais à cette heure, une main géante et molle recouvrait la colline, accablant la bourgade d'un sommeil lourd.

Plus loin, après le premier tournant, la rue principale s'encadrait d'hôtels et de magasins. Seuls quelques villageois peuplaient les lieux, lavant à grande eau savonneuse le seuil de leurs boutiques.

— Salut, Simm !

— Il y a des semaines qu'on ne t'avait vu !

— J'ai dormi la nuit dernière chez un cousin, dans le village à côté... À présent, je rentre chez moi.

— À pied ?

— J'en ai pour trois heures de marche.

— Trois heures ! À ton âge ?... Tu veux dire une demi-journée !

— Pour trois heures, je te dis.

— Bien, bien, je plaisantais, Simm.

— Ne te fâche pas, moi aussi, je te crois... C'est toujours le même chien que tu as là ?

— Le même. Eh, Bic, ne dérive pas, on s'en va...

— Tu as bien le temps. Viens t'asseoir quelques minutes. Je t'offre à boire... Qu'est-ce que tu prends ? Du tiède, du chaud, du frais ?

— La prochaine fois. Aujourd'hui, je traverse... Je ne fais que traverser.

Simm esquissa un pas de danse : pliant le genou, élevant la jambe, dressant en chandelle un de ses bras. Sa silhouette robuste, noueuse, se fit indécise ; oscilla, chancela l'espace d'une seconde... puis, se raffermit.

— On te reverra ?

— Mais oui.

— Quand ça ?

— À la pleine lune !... Malgré les conseils de Jaïs, je ne prends...

— Comment va-t-elle, Jaïs ? Donne-nous des nouvelles de ton épouse.

— Elle va le mieux possible... Je disais : malgré ses conseils, je ne prends jamais ma lampe de poche. J'aime bien, au matin, voir comment le jour se débrouille, tout seul, pour faire craquer toutes ses écorces... Mais alors, moi, sans lumière ! Vous devriez voir ça ! Je bafouille, je titube sur les chemins escarpés, je bute sur chaque caillou, les branches d'arbres me tailladent la face... Tu peux approcher. Oui, là, sur ma joue droite. Et là encore, tu vois, dans les plis du cou... Bic, mon chien, c'est toi qui as raison : courir le nez collé à la terre évite bien des déboires !

— C'est que tu te presses toujours. Tu vas trop vite toujours.

— Je ne peux pas m'en empêcher.

— Alors, c'est promis, à la pleine lune, on attend ta visite ?

— Juré !

— On te montrera les nouvelles installations.

— Elle s'annonce bonne, votre saison ?

— On n'avait jamais vu ça !... Il faut revenir dans l'après-midi pour se rendre compte. Ça grouille ! Pas une chambre d'hôtel vide. Même chez l'habitant, tout est loué. Ce n'est presque plus un village, c'est devenu...

Simm s'immobilisa, arrondit les bras, aspira l'air, se gonflant de l'intérieur pour mimer le village. Des rires l'accompagnaient. Il sortait le ventre, écartait les jambes, boursouflait ses joues et doublait lentement de volume.

— Tu vas éclater !

Il éclata.

— Chez nous, c'est plus petit qu'une fève. Ça tient encore dans le blanc de ma main !

— Chez vous, c'est le calme. Ça a ses avantages.

— Le calme ?... La léthargie plutôt ! Il ne s'y passe jamais rien.

Simm bâilla, la bouche énorme.

— Votre tour viendra. Les choses changent de plus en plus vite.

— Qu'elles changent ! Ah oui, qu'elles changent !

Simm leva, remua ses bras, forma dans l'air des serpentins, des flèches, un astre...

— Avant de mourir, je veux que ça bouge. Je veux tout voir bouger !

— Ça ne te fait pas peur ?

Il haussa les épaules, s'éloigna ;

— Peur ?!!

Seule l'inertie le glaçait.

L'épicier, le marchand de tabac, le coiffeur à la moustache touffue, le rappelaient tour à tour. Il rebroussait chemin, serrait des mains, repartait de nouveau ; revenait, questionnait, écoutait...

★

Au bout du village se dresse l'Hôtel Splendid. Il faut le dépasser, tourner à gauche, pour rejoindre en contrebas le chemin qui, à travers bois et collines, mène vers le hameau de Simm.

Précédé par son chien, le vieil homme avance sans se hâter.

Il admire la façade bistre, rénovée ; l'enseigne rutilante, les volets écarlates, bouclés sur le sommeil des estivants. Tous rouge feu, ces volets. Sauf, à l'angle du second étage, arborant l'ancienne couleur : une fenêtre bleue. La porte d'entrée non plus n'a pas été refaite. Simm a remarqué ses planches délavées que l'on a négligé de revernir, leur pâleur qui contraste avec l'ensemble irradiant, neuf. Ici, c'était souvent comme si la clémence du ciel, envoûtant les hommes, les empêchait, insensiblement, de mener leur ouvrage jusqu'à terme.

Simm reviendra. Des cuisines aux terrasses, il visitera l'hôtel en compagnie de son ami le gardien.

— Tiens, Bic, attrape encore !

Une autre pierre, partie d'un jet, décrivit une large courbe avant de rebondir sur le trottoir. Le chien la rapporta aussitôt, mais cette fois Simm la mit en poche.

— Suffit, Bic. Assez joué !... Il faut qu'on soit à la maison avant le repas.

Empruntant le trottoir qui faisait face à l'hôtel, le vieil homme s'apprêtait à quitter la grande rue, à bifurquer sur sa gauche, lorsque

dans un bruit de détonation

des volets violemment rabattus vinrent frapper, de chaque côté, le mur de la façade bistre.

Simm sursauta, se retourna, leva la tête en direction de la fenêtre soudain ouverte.

★

Ce visage, brusquement surgi, absorbe à lui seul la clarté ténue qui flottait jusque-là autour des pierres, du sol, des toits. Décolore, à son profit, tout ce qui naissait graduellement de l'ombre.
Ce visage... On ne voit que lui !

— Bic, mon chien, reviens !... Ici, Bic. J'ai dit : Ici !

L'homme. Le jeune homme à la fenêtre. Vingt-cinq, vingt-sept ans au plus. L'âge d'un petit-fils à la peau plus blanche. Des cheveux clairs gonflés par la mer et le vent.

Bic s'agite, aboie plus fort que d'habitude.
— Tu vas nous faire des histoires. On nous chassera du village, nous ne pourrons plus jamais revenir. Calme, du calme mon chien...

Le buste avance hors du cadre en bois, dépasse le rebord de la fenêtre. Celle-ci, la bleue, différente des autres, semble flotter sur le mur. Le cou se tend, la poitrine respire. Les bras en croix s'appliquent, de tout leur long, contre les persiennes séparées, étirant dans cette posture le tissu blanc de la chemise aux manches retroussées. Les poignets, la paume des mains aux doigts écartés se plaquent contre la masse des volets, pour éviter que ceux-ci ne se rabattent, bouchant de nouveau l'ouverture.

— Je vais te frapper, Bic, si tu continues !
Les menaces ne servaient à rien. Bic s'agitait de plus belle, se couchant entre les jambes de son maître en gémissant, se redressant, mordillant ses chevilles pour le forcer à repartir.
— Qu'est-ce qui t'arrive, mon chien ? Je ne t'ai jamais vu comme ça !

L'aube en son entier s'ancre à ce bout de mur. Une joie safran, aiguë, baigne les traits du jeune homme. Il aspire le paysage autour. Il sort du cocon, il va prendre son vol. On dirait un grand frémissement d'ailes contre le ciment opaque.

Il regarde. Comme il regarde !

Embrassant Simm dans son regard ; clignant des yeux dans sa direction comme pour le rendre complice de ce bonheur.

Le vieil homme se sent soulevé, transporté. Le voilà soudain de l'autre côté de la rue, à la même place que l'inconnu, penché à la même fenêtre, partageant les mêmes yeux. Le voilà surprenant ce bout de terre, le sien, qu'il croyait connaître comme le dos de sa main. Saisissant, comme pour la première fois, le mystère, l'animation d'un matin comme les autres. Apercevant, à vif, les maisons basses des villages assoupis, la vallée d'arbres et de rocs ; plus bas, la mer dépolie, qui se couvrira peu à peu de languettes métalliques ; plus loin, l'horizon sabré d'ivoire. Assistant, comme jamais, à la naissance d'un olivier, au dévoilement d'une vigne. Guettant le jaillissement des créatures et des choses hors de la nuit confuse. Goûtant l'air. L'air bleuâtre qui s'appuie sur les pommettes, les tempes, les lèvres. L'air duveté de lumière.

Bic pousse des glapissements lugubres. Mais cela se passe loin, très loin... Le vieil homme fait un vague mouvement de la main pour l'apaiser.

Ici, le flanc des collines se couvre d'herbes, les haies sont mouchetées de soleil, la pulpe déborde de tous les silences. La vie émerge, navigue le long des veines, s'écoule dans la gorge, cogne dans la poitrine, annule les distances, annule l'âge, suspend le temps.

Le jeune homme lâche les volets, prend des deux mains appui sur le rebord de la fenêtre, se penche encore, sourit. Sourit à Simm. Un sourire à crever les murs !

Même s'il vient d'un pays lointain, s'il parle une autre langue... en cet instant, un seul monde les enveloppe tous les deux.

Il va parler. Il parle.
— C'est beau ta colline !
Il parle encore.
— Je te souhaite une très bonne journée !
L'inconnu a dit cela avec un accent d'ailleurs, mais des mots exacts. Simm connaît lui aussi des bribes de langues étrangères ; le long des côtes, avec une bonne oreille, on en amasse toujours. Tourné vers le jeune homme, il cherche à son tour à lui adresser une phrase assez longue, assez complète, de bienvenue.

L'autre avance un peu plus ; le visage, le torse, comme une proue. Il lève son bras droit, puis l'incline en un large salut. Un geste comme on en fait par ici : de haut en bas, de bas en haut. Un signe, une arche, un pont...

Bic hurle. Sa voix est gluante, son poil se hérisse.
— Assez, Bic ! Maintenant, on s'en va... On s'en va, mon chien, c'est promis.

Ces aboiements embrouillent les paroles qui venaient. Impossible d'en trouver en assez grand nombre, de les lier ensemble... Ce chien ne se taira plus, il faut partir ! Mais avant de s'en aller, Simm dresse le bras, la paume vers le ciel, pour rendre au moins au jeune homme son salut. En s'éloignant, il l'abaissera, ce bras, pour répondre par ce signe – le même – au geste de tout à l'heure.

Lentement, tout en marchant, il l'abaisse, les yeux toujours tournés vers la fenêtre...

La secousse dura vingt secondes.
Ne dura que vingt secondes...
L'intensité de sa magnitude fit tout de suite l'objet de savants calculs dans les observatoires.

2
La secousse

Le grondement venait des entrailles de la terre. Simm se sentit poussé entre les omoplates. La surface de la chaussée remuait comme de l'eau. Bic perdit pied, glissa vers l'arrière, disparut ; le vieil homme ne parvenait pas à se maintenir debout. Il tomba à quatre pattes, le sol se sauvant sous ses genoux. Epouvanté, il chercha la fenêtre des yeux.

La façade se contracte, ondule, se plisse autour de l'ouverture. Pris au piège, le jeune homme bascule à l'intérieur de sa cage.

Au loin, des morceaux de collines roulent vers la vallée. Au large, la mer, boursouflée, inquiétante, progresse en bouillonnant.

Ici, les murs oscillent, se séparent, interminablement. Arbres, poteaux se brisent dans un craquement infernal.

La poussière aveugle Simm, le prend à la gorge. Derrière un rideau de cendres, il aperçoit ce bras, de nouveau levé, mais qui ne complétera pas son geste. Ce visage, qui n'est plus que grimace. Cette bouche, qui n'est plus qu'un cri. Le vieil homme assiste, impuissant, à l'effondrement de toute la façade, à la chute du jeune inconnu aspiré par les fonds.

Une série de secousses succède au tremblement initial. La foudre s'est nichée dans le ventre des pierres pour les faire éclater. Une trépidation violente s'empare des murs. Des briques volent. L'une d'elles frappe Simm au front et le blesse.

Pluie de vitres, balcons effondrés, antennes de télévi-

13

sion arrachées, bâtisses qui s'affalent déversant leurs habitants dans des sépulcres béants.

— Non !... Non !... Ce n'est pas vrai. Ça ne peut pas être !

Ce salut, ces paroles, cette terre reconnue, partagée, cette jeune vie, ces instants, ce geste... détruits, volatilisés !

Ça ne doit pas être !

★

Cela est. Et ce qui reste, le voici :

Sol en cratères, en dos de tortue, enchevêtrement de bois et de torchis, squelette fragile des immeubles, pans de mur taillés au rasoir. Coincée entre deux parois : une chambre pimpante comme un décor, son lit ouvert, ses draps encore tièdes, son armoire debout, avec sa glace ovale à peine fendue. L'autre pièce, soufflée de l'intérieur, dont il ne reste que trois cloisons et une porte. Voitures, vélos, charrettes, sous un même linceul. Objets réduits à leur matériau. Poussière qui égalise.

Par-dessus : un ciel de calicot, sans fissure, engrossé d'un soleil qui s'enfle, s'enfle...

Les premiers survivants, caricatures géantes, se hissent hors des ruines. Dominant leur peur, certains retournent dans leurs maisons, s'y engouffrent pour ramener quelqu'un ou quelque chose. Une fillette vient de s'échapper ; elle rampe vers une galerie, disparaît, ressort, un animal en peluche entre ses bras.

— Bic !... Bic, mon chien, où es-tu ?

Simm se tamponne le front, essuie sur sa chemise ses doigts maculés de sang, tourne en rond, comme dans un cirque.

— Bic !... Eh, Bic !...

Les gens se heurtent sans se reconnaître, enjambent des pierres, des corps. C'est une cohue d'aveugles, une babel de prénoms

— Henri, Frantz, Costa, Marielle, Diego, John, Faustina, Ilse, Dalia, Paul, Kateb, Lucien, Élie !...

Ces appels étouffent les cris qui s'élèvent d'entre les ruines.

★

Le cou raidi, faisant des efforts désespérés pour tirer les mots de son gosier et les faire monter jusqu'aux lèvres, un homme se cramponne à Simm

— Qu'est-ce que tu veux ? Je ne comprends pas ce que tu cherches à dire ?

L'autre, les muscles noués, essaye encore.

— Éloigne-toi, quitte cet endroit, la parole te reviendra... Tu étais seul ici ?

L'homme opine de la tête.

— Alors, pars ! Rien ne te retient... Lâche-moi, je ne peux rien pour toi.

Et soudain

— Moi, j'ai quelqu'un ici. Il faut que je le retrouve ! Ne t'accroche pas comme ça, on m'appelle. Je dois m'occuper de celui que j'ai perdu.

À quelques mètres de là, Simm est de nouveau pris à partie

— Vous ne l'avez pas vu, il portait un pyjama à rayures vertes ?... Elle était en chemisette jaune, elle a une frange ?... Mon père a une barbe grise, il est très maigre ?... Vous l'avez vu ?...

— Non, je vous assure. Non, je ne l'ai pas vu...

Le vieil homme pousse des coudes, avance, revient sur ses pas ; il lui semble qu'un paquet de chaînes encercle ses chevilles. Puis, il questionne à son tour

— Où est l'Hôtel Splendid ?

reprend sa marche, s'engloutit dans un attroupement, cherche à s'en dégager ; mais tous piétinent comme s'ils avaient des crampons aux semelles. Un troupeau de moutons, aux regards stupides, vient se perdre dans les jambes de la foule.

— La terre va encore trembler !

Une voix, puis d'autres, reprennent le cri. La mêlée se disloque. Un villageois heurte Simm, le reconnaît. La

15

main sur la joue, il pleure et rit tout ensemble, se noie dans les explications. Simm se débat.

— J'ai quelqu'un ici, je dois te quitter... Laisse-moi passer.

À sa gauche : un rez-de-chaussée aux chambres éclatées ; une seule, au centre, paraît encore habitée. Simm voit la table à moitié desservie, le poste de télévision intact ; au-dessus du buffet, trois portraits solennels dans leurs cadres noirs, un bouquet d'immortelles sous chacun d'eux. Dans le coin, un fauteuil dans lequel on s'est récemment enfoncé.

Sur sa droite : une pyramide de poutres cassées, allumettes géantes jetées hors de leur boîte, servent de piédestal à un landau juché sur de hautes roues. Dans son manteau blanc-poussière, un mulet chemine parmi des tentacules de ferraille, les éboulis.

Simm trébuche sur une vieille allongée, par terre, contemple durant quelques secondes ce profil coulé dans le bronze, surmonté d'un casque de cheveux blancs. À califourchon sur ce corps inerte, une jeune femme cherche à le ranimer

— C'est trop tard, n'est-ce pas ?

Sans attendre de réponse, elle continue de lui souffler dans la bouche.

Simm se penche, tâte le pouls ; puis, ne sachant quoi dire, reste sur place les bras ballants

— Répondez !

— Trop tard...

Gêné, il se demande comment repartir

— J'ai quelqu'un ici. Il faut que je le retrouve...

Il recule de quelques pas, se retourne, s'éloigne. Mais de nouveau, on lui saisit le bras, on le prend à témoin.

— Vous qui êtes d'ici, elle vous croira ! Dites à ma femme que la terre ne tremblera plus, qu'on nous sortira vite de cet enfer !

De l'autre main, l'homme soulève le menton de sa compagne, la rassure avec une tendresse infinie. Elle ne l'entend pas, elle est ailleurs ; personne ne peut plus l'atteindre.

16

— Elle ne m'écoute plus. Parlez-lui, vous !
— Partez ensemble, le malheur s'effacera. Ensemble, le malheur s'efface... Je dois m'en aller à présent, on m'appelle.

Beaucoup plus tard, un garçonnet indiquera à Simm l'emplacement de l'Hôtel
— C'est par là, j'en suis sûr
                                         avant de disparaître dans un tourbillon.

Le vieil homme marche dans cette direction.
Sous un monceau de gravats, un plafond s'incurve. Assis, juste en dessous, un chat saupoudré de cendres fixe de son œil d'ambre chacun des passants.
— Bic, ma petite bête, toi, tu savais. C'est par ma faute que tu es perdu... Mais je ne pouvais pas t'écouter, Bic ! Je ne pouvais pas...
Là, plantée dans le sol, l'enseigne-épitaphe
    HÔTEL SPLENDID

Plusieurs étages se sont enfoncés sous terre.
L'immense dalle de la terrasse recouvre la majeure partie du bâtiment.

3
L'arène

Projetée dans l'arène du monde, la bourgade tragique sema ses images partout. Celles-ci s'agitèrent sur les écrans, se multiplièrent sur des illustrés, traversèrent pour un temps les murailles intimes. Grâce aux ponts aériens, hommes et matériel affluaient ; un hôpital de campagne fut rapidement dressé dans le voisinage. En moins de vingt-quatre heures, le modeste périmètre fut envahi de machines à antennes, à nervures, à écailles, à mandibules, camions-citernes, pompes à oxygène, marteaux piqueurs, bulldozers. Des spécialistes du groupe de détection sous ruines, disposant d'appareils d'auscultation, s'étaient déjà mis à l'affût du moindre appel, du moindre gémissement.

La plupart des experts affirmaient que la terre s'étant sta-bilisée, il n'y avait plus à craindre de nouvelles secousses. On dénombrait les victimes, les chiffres allaient en s'amplifiant. Les journaux dressaient des tableaux comparatifs : en 1923, 19 000 morts au Japon ; 1 250 morts à Orléansville en 1954 ; 5 000 à San Francisco en 1906 ; 1 000 en Iran, 1960. Les officiels se laissaient photographier parmi les ruines, serrant des mains, assurant de leur appui, promettant de faire élever ici

— Ici même !

une ville qui ferait oublier l'ancien bourg.

Le drame s'élargissait aux dimensions de l'univers, se rapetissait à la mesure de l'anecdote. On présentait au public les *déterrés* ; leur pâleur rendait l'écran livide.

Sur son lit d'hôpital, une jeune fille décrivait comment les sauveteurs l'avaient retrouvée : le plafond de sa chambre, retenu par miracle à quelques centimètres de son front, son corps coincé entre sommier et matelas. Un jeune Italien expliqua qu'il avait alerté les équipes de secours en heurtant un bout de bois contre une poutre de fer durant plus de vingt heures. Un reporter commenta l'événement, fit un rapide croquis des lieux, évoqua l'ambiance, insista sur le détail *humain* : ce rescapé empoignant des deux mains une gourde d'eau qu'on lui tendait, avalant le liquide d'un trait... sa voix en surimpression

— Je bois tous les fleuves de la terre !

Muni d'une grosse pelle, on aperçut – paraissant, reparaissant sur l'image, comme un leitmotiv – un vieillard au front bandé, écartant les décombres autour d'une enseigne marquée « HÔTEL SPLENDID ».

— Il est sans cesse dans nos jambes, ce vieux ! Qu'on nous en débarrasse !

— Au moins, s'il se contentait de poursuivre son idée tout seul ! Mais il revient à la charge, il veut qu'on s'en mêle.

— Du côté de l'hôtel on a tout examiné, il ne reste plus âme qui vive.

À l'entrée de la bourgade, des cadavres à l'aspect momifiés sont alignés par dizaines ; un rectangle de papier, épinglé sur leurs poitrines, porte leurs noms, leurs prénoms. Parfois, saisi dans son sommeil, un couple s'enlace pour l'éternité.

Des groupes s'écartent des constructions en dur, fuient sur le chemin qui mène aux pâtures. D'autres, repris par l'espoir, viennent s'agglutiner autour des ruines que fouillent les sauveteurs. Dès qu'apparaît une civière, ils approchent, croyant, un instant, reconnaître sous la bâche un des leurs.

Un chien sans maître erre depuis deux jours ; certains le suivent à la trace, pensant ainsi retrouver d'autres emmurés.

D'un monticule grumeleux, Simm vient de tirer une cage d'oiseau. Ouvrant la minuscule porte, il attire le canari entre ses doigts

le jeune homme à la fenêtre cherchait à s'évader lui aussi

et d'un coup, ouvre la main, lâche, dans les airs, l'oiseau.

— Vole ! Toi, tu peux... Envole-toi !

Les pelles mécaniques déblaient dans le vacarme. Les bulldozers harassent le sol, broient sur leur passage jusqu'à ce buffet rempli de vaisselle, dans un tintamarre assourdissant.

★

Simm accourt, secouant sa main gauche. On le repousse.

— Tu n'as rien à faire ici, rentre chez toi !

— Avant de me renvoyer, regarde...

— Qu'est-ce que tu veux me montrer ?

Plantée dans l'enflure du pouce : une grosse écharde bleue, visible, sous la transparence de la chair

— Un éclat du volet ! Tu te rappelles, la fenêtre bleue dont je vous ai parlé. À présent, je connais l'endroit où la chambre s'est écrasée.

— Tu ne vas pas encore nous harceler avec ton histoire ! Fais-toi plutôt retirer l'écharde par un infirmier avant que ta main ne s'infecte.

— Jamais ! Je tiens ma preuve. La chambre n'a pas pu s'enfoncer très loin. En écartant les décombres, j'ai même découvert un orifice. Tout indique qu'il y a une poche d'air en dessous. Il faut revenir, vite.

— Nous avons fouillé plusieurs fois ce secteur. Il n'y a plus rien par là-bas, on te l'a dit.

— Vous êtes partout ; vous ne pouvez pas, comme moi, connaître une seule place. Il faut me croire et revenir...

À quelques pas, un autre groupe de secouristes avait, à l'aide d'une perforeuse, pratiqué un trou dans le béton de la terrasse. Médusé, Simm vit qu'un homme en surgissait...

Tirant un mouchoir grenat de sa poche, il se précipita, s'empressant autour du rescapé, essuyant la poussière qui recouvrait sa face, aveuglait ses yeux. Son cœur battait comme si ce retour à la vie était à la fois le sien et celui de *l'autre*. Revenu vers son interlocuteur, il insista

— Pour celui dont je parle, ce sera pareil.

— Bon, on reviendra ; mais ce sera la dernière fois. Tu m'entends, Simm ? Je t'envoie une nouvelle équipe, si elle ne trouve rien, ce sera fini. Fini. Tu as compris ? Nous sommes d'accord ?

Le vieil homme s'éloigna sans répondre.

Plus loin, il se retourna, cria par-dessus la cohue

— Faites vite. Il attend !

À compter du troisième jour, les sauveteurs ne manœuvraient plus que le visage recouvert d'un masque antiseptique. Le gémissement des emmurés s'affaiblissant, l'espoir de retrouver d'autres survivants s'amenuisait.

Pour éviter l'épidémie, on arrosa méthodiquement la terre de chaux vive. Par plaques, on la brûla.

Utilisant draps, caisses d'emballage, armoires, placards de cuisine, on ensevelissait en toute hâte les morts dans des tranchées.

Découvrant le magasin des pompes funèbres, quelques-uns en forcèrent la porte d'entrée. Tué par un éclat de vitres, le croque-mort gisait au milieu de sa boutique intacte. Des familles se disputèrent autour des cercueils rutilants.

4
Paroles

— Je ne peux pas partir, Jaïs. Pas avant de l'avoir sorti de là.

— Tu n'y arriveras jamais. Tu ferais mieux de rentrer avec moi à la maison. C'est la troisième fois que je reviens, que je trompe la surveillance des autorités. Demain, ils doublent leurs effectifs, personne ne pourra traverser le cordon sanitaire, comment ferais-je pour te rejoindre ? Allons, tu viens ?... Mais réponds, Simm. Parle. Enfin, qui est cet homme ? Tu ne le connais même pas !

— Je le connais. Donne-moi un crayon et je te dessinerai chaque trait de son visage.

— Laisse-moi rire, Simm. Tu es une passoire, tu oublies tout !

— Pas tout.

— Vous ne vous êtes même pas parlé !

— Je n'ai pas dit ça.

— Vous vous êtes parlé ?... Mais en quelle langue ? Ce n'est pas parce que tu amasses des mots par-ci par-là, que tu peux prétendre...

— On ne s'est presque rien dit.

— Presque rien ?... Tu veux dire : rien.

— Rien, si tu veux ! Mais ce ne sont pas toujours les mots qui parlent.

— Tu deviens fou, Simm !

— Essaie de comprendre. Le jour se levait. Je m'en allais... quand, soudain, une fenêtre s'est ouverte.

— Eh bien quoi ? Continue... Qu'est-ce qu'il faisait à sa fenêtre ?

— Il regardait... La colline, le ciel, la mer, les toits...

— Et alors ?

— Chaque grain du paysage lui entrait dans la peau... Alors j'ai vu, moi aussi ! J'ai senti cette terre, la mienne, qui battait dans ma poitrine. J'ai vu la vie, comme si c'était une première fois. Elle était à moi, à lui, à tous, en même temps, partout... C'est difficile à expliquer. C'était comme si, ensemble...

— Ensemble ?!

— Oui, ensemble.

— Comment ça, ensemble ?... Lui, à sa fenêtre ; toi, dans la rue ! Lui, on ne sait d'où ; toi, un paysan, né ici, qui a vécu ici, qui mourra ici ! Lui, un jeune homme ; toi, un vieillard ! Lui, du blond d'au-delà les mers. Toi, de père en fils, tanné au soleil !... Tu appelles ça, ensemble ?... Toi et moi, on est *ensemble*.

— J'ai dit *ensemble*, pas *à côté*, Jaïs.

— Je te répète : c'est un étranger. Ces gens-là nous prennent pour des ignorants. Quant à nous, même leurs habitudes on n'y comprend rien ! L'été, quand ils accourent, je tremble pour nos filles !

— Tes filles ?... Je ne t'ai donné que des garçons !

— Mes nièces, mes petites-nièces, mes cousines, mes voisines. Toutes les filles de chez nous !

— Te voilà tout à coup grosse de toutes les pucelles du pays !

— Tu ne respectes rien, Simm. Tu n'as pas un brin de morale. Le plus débauché des hommes s'alarme pour sa fille, mais toi !... Dommage que tu n'aies eu que des mâles, le contraire t'aurait fait réfléchir !

— Jais, Jaïs, qu'est-ce que tout cela vient faire ici ?

— C'est la troisième fois que je te supplie de revenir, que je traverse cet enfer pour toi, mais tu ne veux rien entendre. Pour quoi tout cela ? Pour qui ?... Quelqu'un dont tu ne sais rien, même pas s'il respire encore ! Tu agis pire qu'un enfant, Simm. Tu as beau être poilu comme un vieux singe...

— Plus bas, Jaïs, tu es en train de dire des obscénités !

— Comment as-tu le cœur de plaisanter dans un endroit pareil !

— Des obscénités, Jaïs !... Tu auras bientôt toute la tribu des *saintes femmes* sur le dos ; et ma vertueuse belle-mère se retournera dans son cercueil !

— Ne touche pas à ma mère !

— Que Dieu m'en préserve ! Je souhaite que sa tombe soit de miel et qu'elle y séjourne en paix jusqu'à la fin des temps !

— Entendre tes sottises au beau milieu de ce bruit de machines va me rendre folle ! Je m'en vais !... Mais d'abord, apprends ceci, Simm : je te traverse !

— Hé, attention, recule ! Tu ne vois donc rien ? Le rouleau compresseur allait t'écraser !

— Tu m'écoutes ?... Je te traverse, malgré l'épaisseur de ta chair ! Veux-tu que je te dise ce que tu trouveras au fond de ce trou ? Veux-tu que je te le dise ?... Rien d'autre que ta vieille figure !

— Rentre au village, Jaïs.

— Tu restes ?... Alors, c'est que tu l'aimes plus que nous !

— Ce n'est pas ça ! C'est, comme si, je dormais, depuis des siècles, blotti dans ma propre poitrine... Comme si... quelque chose m'avait mis debout... comme si... Il ne faut pas laisser la vie se perdre, Jaïs... c'est... tellement... tellement important ! Si ce jeune homme est vivant, personne d'autre ne le sait que moi. Je ne peux pas le quitter. Ce serait, comme si...

— Tu ne vas jamais au bout de tes phrases... C'est toujours des « comme si... ». Ensuite, tu te plantes là, les bras ballants ! Comment veux-tu que je te comprenne ?... Adieu, je te laisse, je pars.

★

À la sortie de la bourgade, soudain Jaïs rebroussa chemin.

Portant sous le bras le même paquet enroulé de papier journal, Simm la revit qui trottinait dans sa direction.

Escaladant les bosses, les plissements du terrain, elle avançait à vive allure, s'évanouissant derrière un rideau de poussière, surgissant, se perdant, apparaissant de nouveau.

— Tiens, Simm, ce paquet est pour toi ; j'avais oublié de te le donner. C'est une couverture, tu en auras besoin. Je savais bien que tu ne me suivrais pas.

★

Dès qu'elle eut disparu, le vieil homme s'approcha d'un autre groupe de secouristes.

S'efforçant de troquer la couverture contre une nouvelle série de coups de pioche autour de l'orifice, il marchanda longuement.

★

Au soir du quatrième jour, les autorités donnèrent l'ordre d'abandonner le site.

Une partie des survivants avait été rapatriée ; d'autres s'étaient réfugiés chez des proches, ou bien sous des tentes dressées à une distance raisonnable du lieu de la catastrophe.

À tous ceux qui s'en allaient et qui le pressaient de les rejoindre, Simm n'avait cessé de dire

— Je ne bougerai pas d'ici.

Malgré les moqueries, les quolibets, il s'obstinait

— Vous pouvez tous partir. Je reste.

Au cinquième jour, le dernier camion bourré d'hommes et de matériel allait quitter la bourgade, lorsqu'un sapeur-pompier hurla d'assez loin

— Eh, vous n'allez pas m'abandonner ici ! Je viens. Attendez-moi !

Agitant sur son cintre une robe de mariée, qu'il venait de trouver au bas d'un mur, il accourut, puis grimpa dans le car qui faisait machine arrière.

Enfin, le chauffeur démarra.

La robe, maintenue à bout de bras, flottait hors de la voiture. Apercevant Simm, appuyé sur sa pelle et qui les regardait partir, le sapeur-pompier la secoua plusieurs fois en signe d'adieu.

L'étoffe de soie, le voile, dansaient sous le soleil haut.

5
Terre rase

De loin   collines en bordure de mer
Plus près   paysage-sépia   déchiqueté
               sous un soleil cru

Plus près   ruines   dislocation
encore   monticules   cratères

Là   cette arène sèche
               ce cirque pelé

Fin de monde   ou bien recommencements
Mort géante   ou Source à naissances

               Terre   rase

                       Ici

s'emparant peu à peu de la nature
de tout l'œil
ce point   ce dard   cet instant
ce cerne   ce scandale   ce tumulte
ce *non* en forme de corps
partie du sol mais différent
séparé mais semblable

l'homme

ce vieil homme au visage tanné, la tête rejetée en
arrière, qui fixe le ciel, le transperce du regard, secoue
son poing dans sa direction. « Le ciel ?!... », cette
coquille, cette carapace inerte. Les mots trichent toujours. Simm crache sur le sol. Puis, de nouveau, se
campe sur ses jambes, redresse le buste, prend à partie
l'immensité bleue, radieuse ; cette sérénité qui ment,
cette clarté qui écorche
— Je te hais ! Tu offenses ma vue !
Ses paupières clignotent sous l'insoutenable clarté, il
les frotte, ouvre largement les yeux, soutient la brûlure,
attaque, lapide
— Tu es sourd. Sourd !
Il la connaît pourtant cette voûte – très souvent lisse,
engourdie dans ces contrées – couvant un soleil tyran-
nique.
— Lève-toi, éclate !... Tu nous écrases de ton éternité !
Ces malédictions, ces injures qui blessent-elles ?
Simm cherche-t-il à s'évader, lui aussi, à s'étourdir, à
se détourner de ce qui se passe *ici*
— Viens avec nous. Viens. Tout a été fait, il n'y a plus
rien à faire.
— Il reste tout à faire.
— Tu ne trouveras pas ce que tu cherches.
— Je trouverai.

De la bourgade, il ne reste que des immeubles gau-chis, des pans de mur, de la pierraille, des marches qui ne mènent nulle part, des débris de voitures, une char-rette carbonisée, des arbres meurtris, un espace vide, énorme.

Cet orifice...

6

L'étudiant

— Allons, grand-père, laisse-
toi faire. J'ai juré de te
ramener, ne me fais pas
mentir.
— Ne me fais pas mentir,
toi non plus. J'ai dit que je
resterai, je reste.

Le motocycliste met pied à
terre, immobilise sa machine,
ôte son casque, ses lunettes
et s'approche du vieux

— Pourquoi t'obstiner ? Les
sauveteurs m'ont raconté
ton histoire, elle ne tient pas
debout !
— Chasse tout ça de ta
tête ! C'est dans ta tête que
ça se passe, nulle part ailleurs.
— Je pense le contraire.
— Tu n'as rien à sauver.
Personne à pleurer ! Tu as
la chance de n'être pas de
ce village. Alors, pourquoi
rester ?

— Lui non plus n'est pas d'ici.

— Qui ça, lui ?

— L'homme d'en dessous.

Un soleil encore tendre rosissait l'angle de la façade, l'horizon s'étalait. « C'est beau ta colline... Je te souhaite une très bonne journée... » Le bras se lève. Un aboiement frénétique agite Bic. Le bras... comme une passerelle, s'abaisse, lentement. La fenêtre... éclate en mille échardes bleues

— À quoi réfléchis-tu ? Est-ce que tu vois plus clair maintenant ?

Le motocycliste questionne, les mains sur les hanches.

— Tu sens bien que j'ai raison ?

— Quel âge as-tu ?

— Vingt ans dans quelques jours.

— Vingt ans et toute la vie... Toi, tu devrais me comprendre...

— Ceux qui vivent marchent sur la surface de la terre. En dessous, il n'y a personne.

— En dessous il y a quelqu'un, puisqu'il reste *celui-là*.

L'étudiant retient un sourire narquois, tire un mégot
de sa poche, l'allume,

> — Es-tu jamais monté
> sur une motocyclette ?
> — Jamais.
> — C'est l'occasion ! J'ai
> une place pour toi à l'ar-
> rière, regarde.

retourne près de la machine,
tapote le siège en cuir

> — C'est bien rembourré !...
> Grimpe là-dessus et je t'em-
> mène.

Simm hoche la tête,
croise ses mains derrière le
dos, marche de long en
large sans parler ; mani-
feste qu'il ne cédera à aucun
discours.

> — Je t'ai fâché ?... Tu ne
> veux plus me répondre ?
> Mais tu seras seul, tu sais,
> si je m'en vais. Vraiment
> seul ! Ils sont tous partis :
> les cantonniers, les sapeurs-
> pompiers, les ingénieurs, les
> fouilleurs, les infirmiers...

Simm fait le pitre, reprend
sur le ton d'une rengaine

> — ... les chiens, les chats,
> les ânes, les oiseaux, les

32

souris, les insectes, les heures, les parfums, la brise...

— Il ne reste plus que toi !... Mais enfin, pour qui te prends-tu ? Pour un commando de la mort ?... Qu'est-ce que tu espères ? Regarde cet endroit, c'est plus perdu qu'une île. D'où nous nous tenons, on n'aperçoit ni le campement des réfugiés, ni un des villages voisins. Même pas la mer !... Laisse tout ça. Dans quelque temps, on viendra tout rebâtir ; on construira ici une bourgade plus étendue que la première. Plus qu'une bourgade, presque une ville !... Est-ce que tu m'écoutes au moins ? Non, tu ne m'écoutes même pas !

L'étudiant ne veut pas s'avouer battu. Avant de partir, il avait pris le pari de ramener le vieux ; il en faisait son affaire. À bout d'arguments, il cherche à le provoquer.

— De loin, sais-tu à quoi tu ressembles ?

Simm se concentre, plisse le front, le nez, ferme les yeux, essaye de se voir à distance, se prend au jeu, part d'un énorme éclat de rire

— À un gros hanneton qui cherche un trou pour ses larves !

— Pire que ça !

— Dis toujours.

— À une mouche verdâtre qui ne vit que de charognes !

Simm prend une pose burlesque, imite la démarche du hanneton, de la mouche. Puis, d'un coup, se redresse, secoue la tête avec force

— Non, tu te trompes !

— Cette fois, tu ne ris plus !

— Tu te trompes. La mort ne m'attire pas. Je n'ai qu'en faire, des morts !... Qu'est-ce que l'on peut pour eux ? C'est *avant* qui compte. C'est *avant* qu'il faut sauver.

Le vieux ne démord de rien. Le jeune homme essuie la sueur qui coule le long de ses tempes, de ses joues. À ce train-là, la discussion risque de durer jusqu'au soir

— Tu perds ton temps, et le mien.

— Qu'est-ce que tu fais dans la vie ?

— J'étudie.

— Je n'ai pas besoin de toi, retourne à tes études !

Le soleil se coagule, perce le crâne comme une vrille. L'étudiant remet son casque, ses lunettes

— Tu ferais bien de te protéger, toi aussi.

Simm tire de sa poche le large mouchoir grenat, y enfouit sa figure, la frotte. Puis, le nouant aux quatre coins, il l'ajuste sur sa tête comme un bonnet. À travers le tamis des lunettes, ses traits paraissent plus flous ; sous cette coiffe improvisée, ses yeux, sa bouche s'apprivoisent. Le vieillard semble soudain plus maniable ; et l'étudiant se demande s'il ne faut pas opérer autrement, forcer l'issue. Simm se grise de paroles, s'emballe ; mais souhaite sans doute, dans son for intérieur, qu'une action décisive lui permette de céder sans se dédire. Peut-être suffira-t-il de le saisir à bras-le-corps, de l'entraîner solidement pour qu'il n'offre plus aucune résistance ?

— On a suffisamment discuté ! Allons, viens !

Mais le vieil homme s'arc-boute, se cabre, cogne violemment des poings.

35

Surpris, désarçonné, l'étudiant roule dans la poussière

— Maudit vieillard !
— Pardonne-moi, petit...
Si je pouvais te suivre, je t'aurais suivi. Mais pas comme cela ! De cette manière-là, jamais. Tu m'entends : jamais !

Le jeune homme se relève, décoche un coup de pied dans un tas de détritus pour reprendre contenance

— Je renonce !
— Écoute, il me faut une semaine... Qu'on me laisse une semaine ; répète-le là-bas, et qu'on arrête de me tourmenter...

Simm cherche un fait à l'appui : du solide, du concret à leur donner en pâture

— Tu leur diras qu'à Agadir, un jeune Marocain a survécu treize jours. C'était dans les journaux.
— Je leur dirai ce que tu veux... Je pars ; mais au bout d'une semaine, c'est moi qui reviendrai te chercher, grand-père. Et cette fois-là, mort ou vif, tu me suivras.

36

— C'est promis, je te sui-
vrai.

L'étudiant enfourche sa
motocyclette, la fait péta-
rader sur place ; elle s'enfonce, se bloque dans le
terrain sablonneux. Simm
le rejoint, soulève l'arrière
de la machine, dégage la
roue.

— Tu as de fameux mus-
cles !
— Toute ma vie, j'ai
porté des fardeaux.
— Ça m'ennuie vraiment
de partir, de te laisser...
Mais qu'est-ce que je peux
faire ?

Il remet le moteur en marche, démarre, s'éloigne. Plus
loin, il freine, se retourne,
crie vers le vieux qui le
regardait partir

— Comment vivais-tu jus-
qu'ici ?
— Au jour le jour !
— Et ça ne te suffisait
pas ?!!

Le jeune homme tourne
à fond la manette. Le bruit du
moteur recouvre la réponse...

★

Lui et sa machine décollent, frappent le sol, rebondissent, projetant autour d'eux plaques de terre, grêles de cailloux.

Le cœur de Simm se comprime, se caille ; puis, se rue en avant pour échapper au silence, à la solitude – qu'il aime, qu'il hait tout à la fois – pour rattraper l'étudiant bientôt disparu.

Sa bouche voudrait crier... elle murmure

— Ne me laisse pas. Reviens. Veillons ensemble.

Mais le motocycliste a déjà atteint la sortie du village. Le mûrier, dont les branches sont frappées à mort, fait écran.

La machine s'engage en vrombissant dans le chemin qui longe la colline, qui décrit une quinzaine de lacets avant de se fondre, plus bas, dans l'autoroute.

L'autoroute à quatre voies, qui file vers la Cité.

7
L'orifice

Simm se hâta vers l'emplacement où il avait groupé, en un petit tas, les restes du volet bleu.

Dès la première secousse – il s'en souvenait de plus en plus distinctement – ce morceau, qui formait l'angle de la façade, s'était séparé, détaché, de l'ensemble, avait glissé en avant, entraînant la fenêtre et la chambre du jeune homme dans sa chute, évitant – de quelques secondes – l'écrasement final sous l'énorme dalle de la terrasse.

Le vieillard s'agenouille, recueille par poignées le ramassis de poussière, de cailloux ; le jette au loin, cherchant à dégager l'orifice. Ensuite, pour ne plus perdre celui-ci de vue, il décide de singulariser l'endroit en dressant autour une petite enceinte. Ainsi pourra-t-il, sans difficulté et d'où qu'il se trouve sur le terrain, le repérer, ou indiquer le lieu exact aux autres, dès que ceux-ci reparaîtront.

Forcément, ils reviendront.

Il suffirait pour cela que l'homme d'en bas se fasse entendre, pour qu'aussitôt Simm les alerte, se faisant fort cette fois de ramener la meilleure équipe de sauveteurs pour le nombre d'heures suffisant.

Comme s'il craignait que tout ne s'enraye – même ce battement, ce souffle, qu'il sent, qu'il sait, *là*, en dessous – au cas où lui-même arrêterait d'agir, le vieil homme se maintient en mouvement. Avec une application presque excessive, il dresse son plan, fixe les limites du coin

39

à explorer, se rapproche du goulot, s'en éloigne, racle le sol autour avec minutie.

Comme si, en bougeant, il remuait des forces invisibles ; comme s'il espérait qu'en manifestant une *présence*, il finirait par ranimer la vie cachée ailleurs : Simm multiplie ses allées, ses venues.

Il va. Charriant des pierres, déplaçant des pieux, emportant des fragments de rocs, amassant des débris de bois, des éclats de plâtre, des tuiles, dans le but d'élever sa clôture.

Aucune rumeur ne transperce ce crépuscule qui s'installe lourdement. Pas une créature, pas un arbre alentour. Même pas un de ces oliviers têtus dont les feuilles témoigneraient pour la brise.

La mer ?

Il faudrait grimper sur les ruines du Bâtiment des Postes pour l'apercevoir. S'enclavant dans une baie réduite, elle clapote toujours, même par vent plat. Qu'il ferait bon de l'entendre !

L'air s'épaissit. La terre est calleuse. Sur les rebords de la nuit, le paysage se cuirasse, s'ankylose.

Cependant, Simm continue de remuer. Inventant d'autres gestes, de nouvelles manipulations ; empêchant les choses de s'éteindre tout à fait.

★

Bien plus tard, à bout de fatigue, le vieil homme se laissera tomber sur le sol.

Là, il s'étendra d'abord sur le côté. Ensuite, il se retournera, s'étalera sur le dos, les bras en croix.

Maintenant, il ne veut plus rien. Il n'éprouve plus rien. Même plus la fatigue qui l'aurait au moins rendu complice de son corps ! Une sorte d'indifférence s'insinue, s'infiltre ; puis, l'inonde et l'enrobe. Qu'est-ce qui, tout à l'heure, le maintenait debout ?

La solitude, le silence, l'horrible sursaut de la mémoire, l'accablent. Et cette odeur !... douceâtre, fétide. Cette odeur à vomir qui lui parvient par bouffées, bien qu'il ait depuis la veille bourré ses narines de feuilles de menthe.

Simm frôle le sol de ses mains. Est-ce cela la terre ? La terre de partout ? La terre qu'il connaît ?... Celle des semailles, des pousses, des naissances ? Celle qui dispense ses graines ? Celle que l'on traite avec sollicitude et qui vous répond ? Est-ce la même : racornie, close, étanche ?

Il gratte le sol de ses ongles, saisit ce qu'il peut, l'effrite entre ses doigts. Puis, le bras dressé au-dessus de sa poitrine, regarde couler – sur sa chemise, dans le creux de son cou – ce filet de sable mêlé de petits graviers.

— Qu'est-ce que je fais ici ?

Vraiment il ne sait pas. Vraiment il ne sait plus.

Striée par un jet d'oiseaux furtifs, la nuit s'abat à vive allure.

★

Maintenant, Jaïs et sa maison appellent...

Liées quelque part à sa chair, nouées quelque part à son sang, Jaïs et sa maison gémissent au fond de Simm : « Reviens, tu nous abandonnes ! Pourquoi ? Qu'est-ce que tu cherches ? Qu'est-ce que tu veux ? » Leurs plaintes criblent l'espace, torturent, prennent en défaut. « Ce n'est pas contre toi que je suis ici, Jaïs ! Comment, sachant quelqu'un là-dessous, m'en aller ? Ce n'est pas pour t'offenser, comprends... »

Jaïs hausse le ton, réclame, accuse, conclut : « Qu'est-ce que ça te rapportera ? ! » Certaines paroles rompent les amarres. Elle en dit toujours trop, Jaïs ; toujours trop ! Une rivière s'offre, il suffit d'une enjambée.

Simm franchit le pas, pénètre dans l'autre élément ; s'y baigne. Sur la berge, Jaïs oscille, s'amenuise.

— Sacrevie, il parlera !

— Naïf !... Tu es un naïf, Simm. La vie ne t'a rien appris !

— Qu'est-ce qu'elle peut nous apprendre de plus que *vivre* ?

— Tu as trop de fibres et pas assez de raison, Simm !
Où tout cela te mènera-t-il ?

Simm se retourne sur le côté.

Lierre, nœuds, anneaux – tout ce qui ficelle, freine, harnache, fixe – se détachent, se délient. Simm rejette tout le gris, le vieux, l'usé. Simm se défait de tout ce qui le ligote. Simm incline son profil vers la terre, colle son oreille à l'orifice. Simm

ÉCOUTE...

LE CHAUDRON CENTRAL

Interroge
Pénètre la terre

Écorce   Glacis sur l'écran nocturne
Magma percé d'ondes
Battement   Fureur   Métal
Corps en travail   Veines à nu

Interroge
Traduis

Traduis en langage intime
Traduis à mots ouverts
Ce fond des fonds qui sécrète la pierre d'angle
Ce noyau où persiste la cible
Ce grain sans résidu

Interroge
Relie

L'homme à ses montagnes
Fleurs géantes aux troncs solaires
s'étreignant dans la fournaise abrupte

L'homme à ses continents
Radeaux doublés d'espace
greffés sur la simple racine

L'homme aux hommes
Annexés   tant qu'ils sont
à la mort

Interroge la terre
Interroge-toi

Les sursauts de la braise
Le mouvement qui nous attelle
aux flammes   à l'onde   à nulle part
à partout

Interroge l'image
écho intarissable

L'incision des sols
Les cadences qui précipitent
Puis le souffle qui surprend   distance
bouscule le temps

Le souffle à gorge d'oiseau
à ventre de lumière
qui transperce nos écrans

Interromps   Fais silence
Apaise en toi ce *toi*

Ses allées   ses venues
tissant on ne sait quel sommeil
égarant   en quels reflets   quels replis
ton chiffre

Traduis
Traduis toujours

Gagne le centre de proche en proche
Affronte ce frémissement de la lave
Ces crevasses   ces violences verticales
Ces éclats qui délivrent et saccagent tout à la fois
Ce qui a nom de feu   de sables
et d'ailes profondes
Qui a nom d'insomnie   d'absence   d'avenirs

Écoute

En deçà des mots-chenilles
Des paroles-écorces
Des brindilles de l'heure
Du miroir de nos ombres
Des larmes bues à pleine bouche
Des abris qui séparent

Écoute   la turbulence
de l'arbre bâillonné

Reconnais   en tout
Le grain
La pierre première
Le cri de l'être
L'inflexible lueur

Et chante !

Chante et dis la fête
À travers plaies et nuits

Chante
Longue vie à l'homme !
Homme-forêt
Homme-cité
Alphabet sur l'infini
Œil de la terre
Tête sonore
L'homme charriant l'astre et l'olivier
Longue vie !

Chante
L'argile et l'océan
L'humus et le vent
Longue   longue vie !

Chante
Ceux qui brûlent l'idole
Ceux qui rient des mirages
Ceux qu'embrase *liberté*
Chante tous ceux qui chantent
Longue longue longue vie !

Longue vie et salut !

À l'homme veillant en lui-même
À l'homme debout aux carrefours

Simm ÉCOUTE...

Simm n'est plus qu'une oreille.

Mais aucun murmure ne monte jusqu'à lui.

Simm patiente ; écoute encore, et encore.

Pas un craquement.

La fenêtre bleue tangue, chavire ; voilier en perdition sur une mer cannelée

— Si je m'étais approché assez vite. Si j'avais hurlé « Saute ! ». Si j'avais ouvert les bras assez tôt. Si, si... Si seulement... Si...

Le vieillard se déplace, s'étend à plat ventre, fixe ses coudes dans le sol, met ses mains en cornet devant sa bouche, les doigts comprimés pour qu'aucun son ne s'échappe, aspire à fond ; et dirigeant sa voix vers le bas

— Hôo !... Hôooooooo !

Puis, de nouveau

— Hôoooooo !...

coule comme une ancre jetée à la mer, retirée aussitôt pour qu'elle révèle la nature des fonds : varech, corail, épaves.

Le cri n'agrippe rien ; se dissipe, les lèvres franchies.

Simm se rapproche, penche son visage jusqu'à frôler du menton le bord de la cavité, resserre l'entonnoir de ses mains

— Hôoooooo !... Hôoooooo !

Mais soudain son cœur, se pressant comme un gros caillou dans sa gorge, bloque son souffle. Pareil à une petite bête prise au piège, le cœur tremble, fuit, s'échappe par mille galeries. Le vieil homme halète, détend ses doigts, abaisse ses bras,

— Assez mon cœur... tout doux...

penche la tête en avant, ne parvient pas à s'apaiser ; laisse retomber ses épaules, appuie son front contre ses paumes, ferme les yeux

— Assez, assez. Tu me fatigues. Tu galopes, tu galopes, mais je n'ai plus ton âge ! Je ne peux plus te suivre.

— C'est toi qui m'entraînes !

47

— Calme, calme-toi... Voilà, je ne fais plus rien. Tu n'as plus de raison de bouillonner.

— Tu me fouettes toujours. Tu me pousses toujours.

— Voilà, voilà. Je fais le vide. Je suis tranquille... Voilà...

La terre est vague. Une plage s'étire sous des nuages gonflés d'algues. De lentes, lentes images, se suivent, en procession

— Voilà, voilà... Je ne veux plus rien. Je ne pense plus à rien... Tu es satisfait ?

Les ombres ont des traînes vertes. Des feuillages caressent les dunes. La terre est un ventre, un nid

— Voilà, voilà...

Le sang lavé ne s'engorge plus. La nuit est horizontale

— Voilà...

Le cœur ne se cabre plus. Le cœur ne regimbe plus. Furtivement, Simm redresse la tête, regarde de gauche à droite comme s'il craignait d'être de nouveau assailli. Puis, graduellement, il retrouve sa posture de tout à l'heure, se donne quelques secondes et, de toute sa voix

— Hôoooooo !...

Le cri plonge dans la crevasse, s'enfonce. S'y engloutit.

★

Minuit. Le vieil homme se rassoit les bras le long du corps, la masse du buste se tassant. Que fait-il ici, lui, qui n'aime que le jour ?

Aura-t-il assez de force, au matin, pour se hisser hors de cette place et partir ?

La nuit a dévoré jusqu'aux ruines. L'ombre se condense. Face à tout cela, la mort est un jardin !

— Qui a dit « la mort est un jardin » ?

Des mots veillent, on ne sait où ? Précèdent, naissent au bout de la langue. Des mots que l'on prononce parfois avant de les habiter

— La mort ?...

Même un vieillard l'effleure à peine !

48

Au café de son hameau, réuni avec d'autres villageois autour de la télévision, un soir Simm écoutait cet homme terminer son exposé : « Notre planète sera rendue à l'abîme. Cela prendra le temps qu'il faudra ; mais elle est condamnée, comme nous, irrévocablement, à disparaître... de mort naturelle, si on lui en laisse le temps ! »

Cette vie, fragile, miraculeuse, comme il faut l'aimer ! Et ce siècle, malgré ce dont on l'accuse, le vieil homme en est épris. Quand il aura des économies, il achètera un poste, pour savoir ce qui se passe ailleurs, pour ne jamais être séparé... Il voudrait sans cesse éprouver le pouls de cette terre, guetter ses battements, s'accrocher à son poignet comme à celui d'une femme aimée, sur le point d'enfanter, mais toujours en travail, en souffrances, en convulsions.

La solitude tomba comme décembre. N'y aura-t-il personne avec qui partager cette veillée ?

Le sommeil rôde.

Le sommeil surprend ce vieil homme accroupi, s'accroche à ses épaules, les recourbe, pèse sur sa nuque, arque son cou, fléchit sa taille.

La tête dodeline, croule en avant, roule d'un côté, puis de l'autre.

S'immobilise, enfin.

8
La rencontre

Simm s'éveille, renoue peu à peu avec le poids de la nuit, se souvient.

Le ciel est d'encre.

Une clarté acide et ronde apparaît, disparaît dans le lointain.

La boule luisante avance à ras du sol. Au bout d'un moment, le vieil homme distingue des sandales, un pyjama rayé sous une robe écarlate, une longue écharpe violette. Enfin, proche de plus en plus proche : un visage. Des yeux légèrement rapprochés, deux nattes minables croisées sur le haut de la tête.

L'enfant porte la lanterne d'une main ; de l'autre un paquet de hardes où le rouge domine encore.

— C'est toi, le fou ?

— C'est ce qu'on t'a dit ?

— On me l'a dit.

— Alors, c'est moi !

— Ne te fâche pas ! Ils diront la même chose de moi bientôt.

Simm est debout, la fillette lui arrive un peu plus haut que la ceinture. Elle pose la lanterne sur le sol, s'accroupit pour raccourcir la mèche, montre le paquet

— C'est pour elle que je suis ici

exhibe une poupée à laquelle il manque un bras et la tête

— Depuis le temps que tu cherches, je me suis dit : il a peut-être trouvé une tête pour elle... Je l'ai toujours

50

eue sans ce bras, mais sans figure, c'est terrible ! Je ne m'habitue pas !

— D'où viens-tu ?

Elle leva le bras en direction du campement

— Avant, on habitait ce village, dans une cahute en bois. On a eu de la chance, en tombant elle n'a fait de mal à personne, seulement à Aga. Aga c'est le nom de ma poupée, nous avons le même nom elle et moi... Tu ne m'as pas répondu pour sa tête ?

— Je n'ai rien trouvé, retourne d'où tu es venue.

— Laisse-moi faire un tour avec ma lanterne.

— Ce n'est pas un endroit pour toi, Aga... Et si, là-bas, ils s'apercevaient de ton absence ?

— Ils pleurent, ils gémissent toutes les nuits. Je m'enroule la tête dans des chiffons pour ne plus les entendre. Pendant la journée, on ne nous laisse pas tranquilles, on nous questionne, on nous compte, on nous pique avec de très longues aiguilles. Je préfère être avec toi, ici.

— Ici, c'est pire que tout.

Simm fut étonné par ses propres paroles.

— Pire que tout ?

— C'est loin. C'est sec. C'est seul.

— Alors, pourquoi restes-tu ?

— Pour *lui*. Pour l'entendre.

— Et maintenant ?

— Il faut que tu t'en ailles. Je vais te raccompagner.

— Depuis six jours que tu es là, tu ne l'as pas trouvé ?

Aga s'assit, cala sa poupée entre ses jambes

— Moi quand je cherche, je trouve !

Le vieil homme empoigna la lanterne, s'approcha de la fissure, fit pénétrer les rayons jusqu'au fond de la crevasse, attendit.

— C'est là ?

— Peut-être.

— Tu n'y crois plus.

— Je ne sais pas.

Il haussa les épaules, vint s'asseoir à ses côtés.

— Tu te racontais des histoires ?

— Tu as raison, c'est peut-être ça. Je me racontais des histoires. On va rentrer tous les deux.

— Tu habites toi aussi sous une des tentes.

— Non, je te ramène d'abord. Après je rentrerai chez moi.

— C'est vrai, tu préfères partir ?

— Nous ne trouverons rien, Aga. Ni toi, ni moi... Partons.

Toujours assise, elle applique le corps de sa poupée contre son buste, la tête surplombant les frêles épaules

— Dommage, ça lui irait bien une tête !

— Tu vas changer de village, de maison... Il faut tout changer. Laisse ta poupée ici, ça vaudra mieux.

— Tu veux que je l'abandonne ?

– Pour elle, ce sera mieux. Que fera-t-elle parmi les vivants ?

— Alors, il faut qu'on l'enterre.

— Si tu veux, on l'enterrera.

— Et qu'on fasse une cérémonie !

— On fera une cérémonie !

★

Simm ramassa la pelle et se mit à creuser.

Tandis qu'il s'exécutait, l'enfant tournait autour de lui, éclairant une large partie du sol

— Creuse encore... La terre est plus fraîche par en dessous.

Avant de déposer Aga dans le trou, elle la serra une dernière fois contre elle, couvrit de baisers ses épaules. En les tapotant avec ses paumes, elle aplatit ensuite les bords de la petite tombe, et les décora de coquillages qu'elle tirait de sa poche

— Tu crois qu'il faut la recouvrir ?

— Comme tu veux.

Elle éparpilla entre ses doigts raidis un peu de sable sur les loques. Puis, fermant les yeux, elle lança de larges brassées jusqu'à boucher le trou.

Simm qui s'était éloigné, revint tenant un piquet qu'il planta dans le sol fraîchement remué

52

— Comme ça tu retrouveras sa place plus tard.

— Tu sais écrire ?

— Un peu. Qu'est-ce que tu veux que j'écrive ?

Elle trouva une pierre blanche, un bout de bois calciné

— Écris : Aga... Non, écris : je ne t'oublie pas... Non, mets son âge... Non et non ! Ne mets rien !... On s'en va ?

Elle déchira un pan de sa robe écarlate qu'elle noua autour du piquet

— Oui, on s'en va.

Le vieil homme ramassa la lanterne.

La tenant à bout de bras pour éclairer en même temps le chemin de l'enfant, il ouvrit la marche d'un pas décidé.

Derrière lui, Aga trottinait sans rien dire.

9

Le cri

Simm s'écarte du terre-plein, avance entre des monceaux de ruines, contourne une bâtisse effondrée, enjambe des monticules de gravats, force le pas.

Plus tard, il ne ralentira sa marche qu'en entendant derrière lui les sanglots d'Aga.

Alors, le vieil homme est tenté de s'arrêter, de revenir vers elle, de trouver des paroles qui consolent, qui apaisent. Des paroles qui l'auraient consolé, apaisé, lui aussi. Mais il ne peut pas, il ne doit pas hésiter. L'espoir est parfois un mensonge. Ce qui n'a pas de racine n'est qu'illusion ! Il faut s'en séparer, marcher, aller de l'avant, s'éloigner rapidement d'ici.

Depuis ces pleurs, les pas de Simm sont moins assurés. Il vient de heurter un obstacle ; plus loin, de buter contre une grosse pierre. Il trébuche plusieurs fois, se retient de tomber.

— Attends !... Laisse-moi aller devant !

Cela fait un moment que la démarche du vieux inquiète Aga. Cela fait un moment qu'il s'est mis à ressembler à ces marionnettes de foire dont le montreur lâche les ficelles d'un seul coup. Des années se sont soudain abattues sur ses épaules. On dirait que ses os ont fondu, qu'il va s'écrouler comme un sac de farine

— Attends !... Je viens !

Du revers de sa main, Aga essuie ses larmes, vole au secours du vieil homme

— Donne-moi la lanterne. Je connais le chemin, c'est moi qui vais te conduire.

54

— Tu ne pleures plus ?

— Je ne pleure pas. Donne !... Je ne marcherai pas trop vite et tu auras de la lumière.

Pour le lui prouver – sur la pointe des pieds, le bras tendu à la verticale – elle éclaira le plus de surface possible

— Comme ça !... Allons, tu viens ?

Simm la suivit.

★

Le sentier louvoyait entre les décombres. Des formes bizarres surgissaient de la nuit. Tous deux longèrent le Bâtiment des Postes, la Station des cars. Une rangée de fenêtres brillaient dans la demi-obscurité.

— Tu me suis ?

Le vieux s'attardait encore, comme s'il avait du mal à s'arracher à tout cela. Une monstrueuse, indestructible silhouette de voiture s'échappait de l'ombre. Un mur friable, brunâtre, menaçait de s'effondrer. La fillette cherchait à entraîner Simm

— Tu viens ?

D'ici peu, ils bifurqueront à angle droit, s'engageront dans un second, un troisième tournant pour rattraper le raccourci qui mène au village de toile

— Tu es là ?

Il ne répondait plus. Depuis quelques instants, il semblait qu'il n'était plus sur ses talons. Elle se retourna, braqua son jet de lumière

— Qu'est-ce que tu as ?... Tu es malade ?

Il se tenait raide, immobile, comme s'il venait d'être terrassé par la foudre.

— Mais qu'est-ce que tu as ?

Elle se rapprocha. Le vieux balançait son buste d'avant en arrière, sans bouger le reste du corps. Ses muscles s'étaient noués, ses os avaient durci ; sa stature s'était mystérieusement agrandie. Il lui parut immense

— Qu'est-ce qui t'arrive ?

Elle dirigea son éclairage en plein sur sa face. Son

55

visage était un brasier. Des yeux énormes la regardaient avec une fixité étrange.

— Dis-moi ce que tu as ?

Comme un automate, il leva le bras, le secoua vers l'arrière.

— Quoi, qu'est-ce qu'il y a ?

— Tu n'as rien entendu ?

★

Il fit volte-face. S'élança vers l'endroit qu'ils venaient d'abandonner.

— Attends que je t'éclaire !... Attends-moi !

Simm se précipite, tombe, court, s'affaisse, se relève, repart en flèche. Aga galope pour le rattraper, soulevant autant que possible la lanterne.

— Attends-moi !... Tu ne vois rien, attends !

Ce vieillard a de l'orage dans les tripes ! Lui, qui ressemblait tout à l'heure à un paquet de linge que l'on vient de tordre

— J'arrive !... Attends-moi !

Sur le terre-plein, une légère brise agite le chiffon rouge autour du piquet.

Simm se jette à terre, se prosterne, colle son oreille au sol.

L'ayant enfin rejoint, Aga, le bras toujours dressé, l'entoure d'une plage de lumière.

Ni l'un, ni l'autre ne bronchent.

Cela dure, dure...

La fillette commence à sentir des fourmis le long de la nuque et du dos.

★

— Tu as entendu ?

Il releva à peine la tête pour lui faire signe de s'agenouiller, de tendre l'oreille à son tour

— Écoute...

56

Elle fit ce qu'il demandait, déposa la lanterne et se courba.

— Tu entends ?

L'attente fut courte. Très vite, le visage en fête, elle se redressa

— Oui, j'entends !

— Toi aussi !... Toi aussi !

Il eut envie de la serrer contre lui.

— La voix !...

Cette voix ressemblait à... Elle ne pouvait pas dire à quoi au juste. C'était jaune à crier ! Merveilleux, horrible à la fois. Le hurlement d'une bête qu'on écorche vif, la clameur d'un mourant à qui on accorde un autre matin...

Simm reprit sa place, et comme auparavant les mains en cornet devant la bouche

— Hôoooooo !...

Aga voulut crier de la même façon que lui.

— Approche... Plus près. Les lèvres bien au-dessus du trou

Elle effleura la bouche d'ombre. Puis, terrifiée, recula

— J'ai peur !

— Ne crains rien, lui aussi a peur.

De son bras, Simm lui entoura les épaules. Mais à l'idée que là-dessous quelque chose pourrait la happer, l'aspirer vers le fond, elle se débattit

— Je ne veux plus !

— Tu sais ce que tu vas faire ?

— Non ?

— Il y a quelqu'un là-dessous. Tu l'as bien entendu, n'est-ce pas ?

— Je l'ai entendu.

— Tu vas courir leur porter le message. Tu leur diras qu'il est *vivant* !

— Je le leur dirai.

— Mais d'abord, tu vas écouter encore une fois. Il faut que tu sois sûre et certaine, pour qu'eux, à leur tour te croient.

Le vieillard plissa le front, se courba, toucha le sol

— Hôoooooo !...

57

Puis, il laissa l'enfant plaquer son oreille contre l'orifice

La réponse tardait. Est-ce qu'ils rêvaient tous les deux ?

— Il n'y a plus rien...

Patiemment, il recommença

— Hôooooooo !... Hôooooooo !...

laissant un temps de pause entre chaque appel, approchant sa joue de celle d'Aga.

La mèche de la lanterne se consumait. La face du vieil homme s'inondait de sueur. Dans sa main, la main de l'enfant tremblait

— Aââaaaaaa !... Aââaaaaaa !...

Du fond de l'abîme, soudain : le cri...

10
Célébration

Le cri éclate. Il est partout. Partout. Il n'y a plus que lui !

Des oiseaux inondent le ciel. Les étoiles échappent aux pièges obscurs. Des fontaines fendent l'écorce des pierres. Des branches respirent, leurs aisselles au vent...
Debout, face à face, le vieil homme et l'enfant se dévisagent. Trop de choses débordent. Les mots ne viennent pas.

Soudain, chacun se met à virevolter sur place. Vite. De plus en plus vite.
Simm, Aga, tournent comme des toupies de chair.
L'écharpe violette, les pans de la veste brune, la robe écarlate, s'enroulent, se déroulent, autour de leurs corps. Leurs gorges chantent. Leurs jambes sont ivres.
Aga, Simm, les bras en croix, fauchent l'air tout autour. Pirouettent, tourbillonnent, l'un à côté de l'autre.

★

Simm s'arrête le premier ; va vers la lanterne, dévide la mèche dans toute sa longueur pour qu'elle se consume d'un trait.
Une épaisse tranche de nuit s'enflamme.
À son tour, la fillette s'interrompt. D'un bond, elle est au bord de la petite tombe. Elle arrache le piquet, le lance au loin, s'accroupit, écarte le sol avec ses ongles,

l'entrouvrant, le déchirant, refoulant la terre sur les côtés ; y plongeant enfin les mains, pour ramener l'enterrée.

Trouvant Aga, elle la saisit par la jambe, l'attire si rudement à elle que tout le sable lui saute à la figure, l'aveuglant. Du revers de ses manches, elle essuie ses yeux, secoue la poupée pour la dégager de sa membrane de poussière.

Enfin, tenant Aga à bout de bras, elle revient vers Simm.

Le vieil homme qui a ôté sa veste et l'a nouée autour de sa taille s'est remis à danser.

Durant quelques secondes, elle le regarde tournoyer seul. Puis, elle court le rejoindre.

★

Ils dansent, ensemble maintenant. Une ronde à trois.

D'abord, un lent cérémonial, jusqu'à ce que le mouvement les saisisse, les habite, les emporte peu à peu.

L'air se ranime. La sueur est bonne. Le souffle se presse dans la bouche, emplit les oreilles. La terre est brûlante et douce sous les pas. La terre s'allège, la terre naît, la terre aime

— La terre nous aime, Aga !...

Poupée sans tête, nuit à n'en plus finir, chairs vieillies, horizons durs, rocaille des visages, mots qui démolissent... En cet instant tout ce qui entaille, tout ce qui mutile, se dissipe, s'efface. Il n'y a plus de grisaille, plus de blessure. En cet instant, tout vit !

— Il est vivant, Aga !... Vivant !

L'écharpe violette, les pans de la veste brune, la robe rouge, les hardes de la poupée, les nattes défaites d'Aga, tourbillonnent, flottent à l'horizontale, s'écartent, se joignent, se déploient en éventail, s'assemblent. Ce cercle de feu mobilise la nuit, fait éclater l'ombre.

Sur le terre-plein, la danse domine.

Des vagues de joie s'éternisent sur le rebord du temps.

— Assez, Aga, arrêtons-nous !... Il faut que tu partes avant que la mèche ne s'éteigne. Il faut que tu coures les avertir.

Simm sèche son visage, son cou dans la doublure de sa veste. Aga l'imite, utilisant les haillons de sa poupée.

— Tu leur diras ?

— Je leur dirai.

— Qu'ils reviennent aussitôt. Il faut des ouvriers, des machines, de la nourriture... Dépêche-toi !

★

Avant de partir, elle souleva la lanterne, éclaira par en dessous la face du vieil homme qu'elle considéra longuement

— Pourquoi me regardes-tu comme ça ?

L'ayant jaugé, elle lui tendit sa poupée

— Je te laisse Aga. Tu me la garderas.

— Tu penses revenir ?

— Je reviendrai.

— Comment feras-tu ?

Elle cligna de l'œil

— Je trouverai.

Aga se met en route, s'achemine. Aga s'amenuise, tandis que Simm l'exhorte encore

— Tu diras qu'il faut faire vite. Que tu l'as entendu de tes propres oreilles !... Tu ne les lâcheras pas avant qu'ils ne reviennent !

Sa voix continuait de se faire entendre, bien après qu'elle ait disparu.

L'autre

1

L'écho

Il faut patienter, ne rien tenter de plus avant l'arrivée des sauveteurs. Une manœuvre maladroite risque de rabattre des nuages de poussière dans l'étroit canal, de boucher la fragile ouverture.

Encoffré dans sa nuit, plaqué comme un rat contre les parois de sa cachette, que se passe-t-il dans la tête de l'homme d'en bas ? Dans quel état se trouve-t-il ? Simm a du mal à l'imaginer.

Là, dedans, en dessous, séparé de la terre, que possède-t-il ? Ni l'aube qui fend par degrés la cloison sombre ; ni le matin qui va bientôt s'y inscrire en traits d'acier. Il ne peut plus se dresser de toute sa taille. Bouger, ni avancer. Traîner s'il le désire le long d'une rue, autour d'une place, comme le fait Simm en ce moment. Ni aller, ni revenir, ni s'asseoir, ni regarder. Ni échapper au froid, ni échapper au chaud ; s'approcher d'une jarre, se rincer les mains, s'humecter la face, comme Simm le fait en cette seconde. Ni prendre dans une boîte de fer dont quelqu'un s'est débarrassé, un morceau de pain ; le rompre, le mâchonner. Ni lever les yeux vers le chemin qui blanchit, ni assister à l'arrivée des autres, ni voir apparaître leurs silhouettes dans le lointain. Ni, ensuite, leur parler. Parler !... Parler, comme Simm, cette nuit, avec Aga... Danser, comme Simm, cette nuit, oubliant ses artères, oubliant ses vieilles jambes !

Là, dedans, en dessous, à quoi est-il réduit l'homme d'en bas ? Simm a mal de cette solitude, mal de cette

64

peur qu'il devine. Avant que l'autre ne resurgisse, avant que tout ne lui soit rendu, le vieil homme ne pourra pas retrouver sa paix ! Fatigué de monter la garde et cherchant à s'unir plus étroitement encore à l'emmuré, Simm se laisse aspirer par le souterrain, plonge dans la cage d'ombre, glisse dans ce boyau chargé de menaces, s'y enferme, laisse de grandes nappes désertiques recouvrir ses pensées.

Simm se tasse, cherche à disposer d'une place de plus en plus exiguë, plie ses jambes, les ramène vers sa poitrine, les encercle de ses bras, les serre contre lui, pose son front sur ses genoux, se tient comme à l'intérieur d'une urne.

L'attente est interminable.

Plutôt que d'endurer avec l'autre, de doubler son silence, Simm songe à présent à le rassurer.

Il doit cependant ménager sa voix. Celle-ci ne supporterait pas longtemps de se laisser malmener, et le lâcherait au moment où il en aurait le plus besoin.

Le vieil homme délace promptement ses bottines, les ôte, fourre ses mains à l'intérieur de chacune d'elles ; puis, satisfait de sa trouvaille, les entrechoque aussi fort qu'il peut. Les semelles, rigides, se rejoignent bruyamment. A coups secs, réguliers, il continue de les frapper l'une contre l'autre, jusqu'à ce que le vacarme, formant une grotte autour de Simm, l'isole

Le claquement tenace, répété, l'entraîne si loin, qu'il laisse échapper un

— Hôoooooo !...

                        strident, mais se reprend aussitôt. Les bras supportent sans peine un effort prolongé, tandis que les cordes vocales... « Si tu es souvent aphone, c'est ta faute, Simm. Tu parles haut, tu fumes, tu fais tout avec excès !... », gronde Jaïs, ajoutant à ce grief une comptabilité précise : tant de cigarettes économisées équivalant, à la longue, à l'achat de tel ou tel objet, d'un lopin de terre, d'une action en banque. « Tout ça, parti en fumée !... » Malgré lui, l'idée de toutes ces choses rendues à l'air, à la transparence, le ravissait !... Pourtant, c'était vrai qu'il fumait trop. Beaucoup trop. Toussant, crachotant dès le réveil, s'enrouant pour un rien. Mais il fallait détendre les rênes, céder parfois au caprice, au plaisir.

Le vieillard dépose une des chaussures sur le sol, tapote de sa main libre l'épaule opposée, frotte, pétrit sa nuque. L'âge venu, une sorte de bienveillance s'ajoutait à la complicité qu'il avait toujours entretenue avec son corps. Il éprouvait de la compassion, de la tendresse pour cette chair plus opaque – motte de terre mal jointe, facilement ébranlée – pour cette chair lasse, ces plis venus s'amasser autour du cou, ces rainures cerclant poignets et chevilles, pour ces taches brunes sur les mains, pour toutes ces marques de l'usure. « Allons, allons, encore un effort. Allons, allons, je ne te quitte pas, toi, ne me laisse pas tomber !... » Se souvenant de son corps d'adolescent – fluide, coloré – il s'était, petit à petit, sans trop en souffrir, accoutumé, attaché à cette charpente lourde, à ce torse martelé, à l'épine du dos plus fragile ; à ces genoux, à ces coudes dont on aurait dit que des grains de blé bloquaient les articulations. « Allons, allons... » Ce corps, plus complexe, plus organisé qu'une cité, il s'en émerveillait sans le comprendre. « Allons, allons, supporte-moi encore un peu... » Pour l'éprouver, il soulevait des fardeaux, marchait à grandes enjambées autour de son verger. Quand il n'y avait pas de témoin, il s'élançait, au pas de course, vers le chemin des vignes. « Tu vas, tu viens, tu bois, tu gloutonnes, tu fumes ! Je parie que tu forniques encore !... Tu creuses ta fosse, Simm. Je me demande jusqu'où tu irais si je n'étais pas là ?... » Qu'on le laisse en paix ce corps ! Le corps est innocent. « Innocent le corps ?... Tu dis n'importe quoi, Simm ! » Le mal est ailleurs, comment expliquer ? Trop de sédiments s'entassent à l'intérieur des créatures. Il faudrait déjà qu'en soi-même chacun renverse habitudes, croyances, raisons ; et puis, regarde à neuf, les yeux lavés. « Quoi ? Qu'est-ce que tu racontes, Simm ?... Mais sous quel Dieu as-tu été élevé ? »

Simm reprend sa chaussure, se remet à frapper

— Klaccc !... Klaccc !...

Un heurt plus métallique jaillit, soudain, de la crevasse

— Gracc !... Gracc !...

Le vieil homme double la cadence. L'autre fait de même.

Écartant largement ses bras, Simm les rabat d'un coup. Les semelles se heurtent dans un claquement énorme. Il prend une pause, recommence. L'autre, le suit.

Il varie l'espace des silences, la fréquence des coups. L'autre, l'imite

— Klaccc !... Klaccc ! Klaccc !......... Klaccc !
— Gracc !... Gracc ! Gracc !......... Gracc !

Plusieurs fois, Simm change de rythme.

Chaque fois, l'autre reprend en écho.

★

Le matin se consolide, s'empare de la colline, se déverse sur le terre-plein.

Pensant qu'il ne doit pas entraîner l'homme d'en bas à un surcroît de fatigue, le vieillard s'arrête de frapper.

L'opération de sauvetage risque d'être longue ; l'un et l'autre doivent ménager leurs forces pour les jours à venir. Ils en auront besoin...

2

Du cinéma

Le camion s'arrêta sur le terre-plein. Trois infirmiers, une demi-douzaine de manœuvres, suivis du chef de chantier et de deux techniciens étrangers, mirent pied à terre. Le fils d'un des postiers du village disparu les accompagnait, leur servant d'interprète

— Je le reconnais, c'est lui !

— Qui ça ?

— Simm !

— Le vieux qui nous poursuivait avec son écharde ?

— Oui, c'est Simm !

— Comment peux-tu le reconnaître d'ici ?

— Ça ne peut être que lui.

Le vieillard s'était sans doute endormi. De loin, sous le soleil cuivré, on ne distinguait qu'une masse sombre, ramassée en boule sur le terrain. La tête paraissait enroulée dans la veste. Seule la plante des pieds – large, sèche, ligneuse comme une coupe de bois – était visible.

— Ôter ses chaussures dans un endroit pareil !

Un des ouvriers exhiba un éclat de vitre, donna un coup de pied dans un entrelacement de ferraille, de poutres, saupoudré de verre brisé

— C'est insensé !

L'interprète souleva délicatement le tissu qui recouvrait les cheveux du vieillard

— Tu dors ?

Il y eut des rires.

— Il nous envoie chercher en trombe, et il roupille !

— Eh, Simm !... C'est moi, le fils de ton ami le postier.

Il le secouait gentiment par l'épaule

— Réveille-toi, sinon ils vont repartir.

Le vieux sursauta, rejeta d'un coup sa jaquette, se retrouva assis, ouvrit les bras

— Vous êtes là !

Un des infirmiers lui glissa à l'oreille

— Remets d'abord tes chaussures, tu vas te blesser. On est ici pour le sauver *lui*, pas pour s'occuper de toi !

Simm rayonnait

— Pour *lui* !

Le chef du chantier haussait les épaules, s'approcha d'un des techniciens.

— Lui !... Il faut d'abord savoir s'il existe.

Les autres entouraient Simm l'air sévère. Pour les dérider, il enfila les chaussures au bout de ses mains, leur fit exécuter des tours, des courbettes, les assistant de sa voix de ventre comme au guignol.

Au lieu de s'en divertir, ils le dévisagèrent avec plus d'inquiétude encore, échangeant des regards entendus. L'interprète se pencha

— Sois sérieux !

En moins d'une seconde, Simm avait remis ses bottines ; sans les relacer, il bondit sur ses pieds

— Aga vous a tout raconté, n'est-ce pas ?

— Oui.

— Eh bien, allons-y. Faisons vite. Il faut le sortir de là !

— Aga n'est qu'une fillette.

— Aga n'est qu'une fillette ; moi, je ne suis qu'un vieillard... Et alors ! On a des oreilles comme tout le monde, non ?

— Ne te fâche pas. Il nous faut une certitude. On ne peut pas déplacer des gens, du matériel, pour rien.

— Qui dit que c'est pour rien ?... Je donne ma parole. Le jeune homme est là. À l'endroit même où j'étais couché.

— Tu en es sûr ?

— Puisque je vous le dis.

— Tu dis, tu dis !... Il faut que d'autres l'entendent.

69

Craignant que l'emmuré, à bout de fatigue, ne se soit lassé, endormi, Simm se demandait s'il obtiendrait, cette fois, une réponse

— Vous devez prendre ma parole.

L'interprète le prit de côté, lui montra le chef de chantier ; les techniciens, qui s'entretenaient un peu à l'écart du groupe ; les manœuvres qui semblaient peu disposés à se mettre à l'ouvrage sans assurance

— Essaye de comprendre, ce n'est pas le travail qui manque ces jours-ci. Les équipes étrangères sont presque toutes reparties ; celles d'ici qui restent, on en a besoin partout. Si vraiment il y a quelqu'un là-dessous, il faut qu'on le sache.

Il expliquait les risques de l'opération

— Ce sera une besogne compliquée. À l'intérieur de ces crevasses, il y a toujours un enchevêtrement incroyable ; il suffit parfois de déplacer une poignée de sable pour que tout s'effondre. Le sauvetage exige un appareillage spécialisé, des efforts, de l'argent, sans que l'on puisse être certain du résultat. Alors, si en plus, il n'y avait personne !... Ils n'engageront aucune recherche avant d'être sûrs. Tu entends, Simm ?

Le vieillard plaqua ses deux mains contre sa poitrine

— Je l'ai entendu. Je le jure !

Un des manœuvres vint vers lui

— Fais-le-nous entendre aussi, et on reste !... Si ce que tu racontes est vrai, ça ne doit pas être difficile.

Simm s'est assis le plus près possible de l'orifice. Simm s'est déchaussé et tape de nouveau, l'une contre l'autre, les semelles de ses bottines, laissant un long intervalle entre chaque claquement.

Rien ne vient combler les vides.

Rien que le souffle haletant de ces hommes rassemblés autour de lui. Simm lève les yeux, reçoit leurs haleines en pleine figure ; se glace sous leurs regards moqueurs, entend

— Quelle farce !

répète

— Ma parole, je l'ai entendu !

Et se remet à frapper, fort, de plus en plus fort, jusqu'à ce que, soudain, ne se contrôlant plus, il laisse échapper

— Hôoooooo !...

Puis, confondu, levant une seconde fois la tête vers eux tous, étouffant sous leur mutisme, sous le cercle de leurs visages clos, se sentant aux abois, se figeant à l'idée qu'ils vont le prendre pour un forcené, l'emmener loin ; patinant sous ces regards lisses, cherchant des paroles qui le fuient, Simm se réfugie encore, désespérément, dans le cri

— Hôoooooo !...

se plie en deux, le menton touchant le bord de l'orifice, suppliant, conjurant *l'autre* de lui répondre enfin

— Hôoooooo !... Hôoooooo !...

Le cri le quitte sans cesse ; le vide, sans cesse, de sa substance

— Hôoooooo !... Hôoooooo !... Hôoooooo !...

Mais c'est en vain.

Derrière une brume, il entend l'apostrophe d'un infirmier

— Ce vieillard est un cataclysme à lui tout seul !

De plus belle, il reprend

— Hôoooooo !... Hôoooooo !... Hôoooooo !... Hôoooooo !...

★

Une main s'abat sur son épaule, le tire en arrière. Simm résiste. Un ricanement en déclenche d'autres. Une seconde main, une troisième, l'empoignent, le remettent de force debout. Simm lutte comme si on l'arrachait à lui-même. L'infirmier l'oblige à se chausser, tandis que deux hommes le soutiennent par les aisselles

— Laisse-toi faire. On sait que tu es fort comme un bœuf ; mais nous, on est plus nombreux !

Stupéfait par tant d'obstination, le chef de chantier ordonne un essai avec le microphone

— Mais seulement s'il se tient tranquille...

L'interprète lui montre l'objet fixé au bout d'un long tube

— Tu as déjà vu comment cela fonctionne, Simm. On l'introduit dans les décombres, le plus loin possible. C'est un instrument ultrasensible qui détecte même un grattement d'ongle, un soupir. On l'essayera, si tu te tiens tranquille...

Cherchant à se les concilier, le vieil homme croise cette fois les bras, courbe le front

— Je ne bougerai pas.

— Enfin, tu deviens raisonnable.

Il s'excuse

— Des nuits que je ne dors pas, il ne faut pas m'en vouloir...

— On sait tout ça, grand-père. À des lieues à la ronde, on te connaît à présent !

Ils lui font signe de se retirer. Il obéit. À distance, il renoue posément les lacets de ses bottines, tout en les regardant s'affairer autour de l'ouverture. Puis, d'une voix neutre, bien timbrée, sur le ton du compte rendu

— Lorsque la fillette est partie, j'ai eu l'idée de faire ce tapage avec mes chaussures. Plusieurs fois, j'ai recommencé avant qu'il ne réponde. Enfin, je l'ai entendu ! On aurait dit qu'il tapait un morceau de bois contre du fer... Là-dessous, ça doit manquer d'air, le moindre effort épuise, c'est ce qui explique son silence... Vous vous souvenez qu'à Agadir...

— On finira par la connaître, ta rengaine ! « À Agadir, un jeune homme a survécu treize jours, et nous ne sommes qu'au septième !... » On ne peut pas toujours compter sur le miracle.

— Qui parle de miracle ?!!

— On ne t'insulte pas, Simm ? Pourquoi est-ce que tu fulmines ?

— Il n'y a pas de miracle, je vous dis. Quand il sera dehors, il nous dira les raisons qui lui ont permis de survivre.

— Ce jour-là n'est pas encore arrivé.

— Ce jour arrive !

— Bien, Simm, calme-toi et laisse-nous faire.

Il les observe, tandis qu'ils introduisent le fil rigide du stéthoscope dans la brèche, le faisant pénétrer millimètre par millimètre ; tandis qu'ils tirent d'un sac la pompe à oxygène en pièces détachées. La mise en service des deux appareils pose de nombreux problèmes. Dos arrondis, jambes fléchies, nuques recourbées, ils paraissent absorbés par un jeu, aimantés par une force souterraine

— Bientôt on saura si ce que tu racontes est vrai, ou si c'est du cinéma dans ta tête !

Le vieil homme éclate de rire.

— Tu ris comme un dieu, Simm !

Un rire communicatif qui les saisira tous, qui le tient lui, Simm, qui l'entraîne... Trop loin, peut-être ? Si loin, que ce rire paraît soudain discordant. Quelque chose vacille. La fenêtre, la rencontre, le visage, le cri... Tout cela a-t-il existé ? « Du cinéma !... » Le cri, le visage, la rencontre, la fenêtre... « Rien que des images qui défilent dans la tête ? » Mais très vite le vieil homme se reprend

— Toute la vie, c'est du cinéma dans la tête !

— Tu auras toujours le dernier mot, grand-père !

Couché à plat ventre, le technicien ausculte le terrain. La pompe à oxygène vient d'être fixée sur son trépied. Un infirmier se détache du groupe, allume une cigarette. Simm tend la main

— J'en voudrais une !

L'autre lui jette le paquet, une boîte d'allumettes

— Tu peux tout garder, dans une heure on sera parti !

Le chef de chantier distribue des ordres. Puis, escorté de l'interprète, s'approche de Simm pour le questionner.

LE CHEF
Demande-lui ce qui s'est passé au juste.

*Simm est submergé par ses souvenirs. Il parle, mime,
raconte.*

LE CHEF
Au fait ! Dis-lui d'aller droit au fait !

*Comment endiguer ce flot de paroles ? Simm dit les
creux de la solitude, les ronces de la nuit, la trouée, puis
la fuite de l'espoir. Il répète : « la fenêtre », comme si le
mot contenait trop de choses pour qu'on puisse hâtive-
ment le survoler. Il revoit l'arrivée de l'enfant, les funé-
railles de la poupée ; décrit les coquillages ornant les
rebords de la petite tombe, désigne l'endroit*

SIMM
Elle l'avait mise là... Vous voyez, la terre est encore
fraîche...

*cherche d'un regard circulaire la poupée. Où l'a-t-il
mise ? Et Aga qui doit revenir !*

LE CHEF
Qu'il se dépêche !

SIMM
J'ai dit à l'enfant que je la raccompagnerais, que je
rentrerais ensuite chez moi. C'était fini. On s'en allait...

L'INTERPRÈTE
... il dit à l'enfant qu'il la raccompagnerait, ensuite...

LE CHEF
Avec tous ces détails, on n'en finira jamais !

SIMM

Tu es sûr que tu lui répètes tout ce que je te raconte ?

L'INTERPRÈTE

Il te demande d'aller plus vite.

SIMM

Bon, pour te faire plaisir. Mais ces gens-là ont toujours le feu quelque part !

L'INTERPRÈTE

Tu penses bien que je ne vais pas lui répéter ce que tu viens de dire. Continue, mais ne rumine pas...

Le vieil homme indique le chemin qu'il a pris avec la fillette, entraîne ses interlocuteurs du côté du Bâtiment des Postes, signale l'emplacement

SIMM

Ici. C'est ici que le cri m'a déchiré de haut en bas ! Pire qu'un poignard...

L'INTERPRÈTE

Pire qu'un poignard, le cri l'a déchiré...

LE CHEF

Comment ça ?... Sous cette épaisseur de terre, à cette distance ? Un cri aigu ?...

L'INTERPRÈTE

Dans nos contrées, on met de l'excès dans tout. C'est dans le sang. Il faut faire la part... Simm, tu sais que tu exagères !

SIMM

Vous pouvez penser ce que vous voulez. Moi, j'étais fendu en deux ! Je te dis ce qui est.

L'INTERPRÈTE

Ça ne sert à rien que tu te mettes en colère, il ne comprendra pas mieux.

SIMM

Dis-lui ce que tu veux. Mais, je te le répète, c'était comme si on m'ouvrait le ventre !

L'INTERPRÈTE

C'était comme un long gémissement. Ensuite, Simm, continue...

Simm reprenait : la course vers le terre-plein, la fillette le poursuivant avec sa lanterne, la plage de lumière autour de l'orifice. Ensuite, de nouveau : blanc, cru, transperçant la terre

SIMM

Ce cri !... Elle, avec ses oreilles neuves, l'a entendu aussi !... Les miennes, vous pouvez peut-être vous en méfier, plissées comme des feuilles de choux, usées. Mais celles de l'enfant !... Des pétales !

LE CHEF

Le voilà reparti ! Qu'est-ce qu'il raconte ?

L'INTERPRÈTE

Il dit... qu'une enfant... a des oreilles...

LE CHEF

Qu'une enfant a des oreilles ! On s'en doutait !... Demande-lui combien de fois ils ont entendu ce cri ?

L'INTERPRÈTE

Il veut savoir combien de fois vous avez entendu ce cri ?

SIMM

Combien de fois ?

Simm enjambe la question ; parle d'Aga et de l'autre Aga, la déterrée ; éprouve la chaleur de la mèche flambant derrière la vitre de la lanterne, sent la danse monter le long de son corps, esquisse un pas, puis un autre. Simm se laisse envahir par le mouvement ; puis, par l'idée que ce faisant il gagne du temps, et que l'homme d'en bas aura ainsi une chance de plus de se faire entendre. Simm allonge malicieusement sa performance, joue tout en se laissant prendre au jeu. Simm tourne, tourbillonne, virevolte, danse sur le terre-plein ; comme cette nuit, il dansait...

LE CHEF

Qu'il s'arrête ! Dis-lui de s'arrêter !... Il ne va tout de même pas faire un numéro en ce moment !

L'INTERPRÈTE

Simm, arrête-toi !... Si tu continues, ils s'en iront et tu seras bien avancé !

SIMM

La joie !... Explique-lui, ça nous sortait des pores ! Ça ne peut pas se traduire. Tu n'y arriveras jamais. Ça se danse. C'est tout ce qu'on peut faire, la danser !... Aga et l'autre Aga...

L'INTERPRÈTE

Aga et l'autre Aga...

LE CHEF

Comment, il s'agit de deux petites filles à présent ?

L'INTERPRÈTE

Tout à l'heure, Simm, tu nous disais qu'il y avait une enfant avec toi. Une seule...

SIMM

L'autre Aga, c'était sa poupée.

L'INTERPRÈTE

Sa poupée ?... Écoute, trouve autre chose, Simm !
Déjà comme ça, tu vois l'effet que ça lui fait.

LE CHEF

Qu'il nous décrive le second bruit. Celui qui répondait
à son claquement...

L'INTERPRÈTE

Il te demande de lui décrire l'autre bruit.

SIMM

Un bruit sec. Quelque chose comme : « Gracc !...
Gracc !... »

LE CHEF

Qu'il recommence... Plus lentement.

L'INTERPRÈTE

Recommence. Mais que ça se rapproche le plus possible de ce que tu as entendu...

SIMM

Tiens, je prends cette pierre. Trouve-moi un morceau
de fer, un bout de tuyau, n'importe quoi... Voilà... L'un
contre l'autre. Si j'arrêtais, il arrêtait. Il reprenait quand
je reprenais. Si je tapais vite, il faisait pareil.

LE CHEF

Pas besoin de traduire, je comprends... Demande-lui
à quelle heure tout cela s'est passé ?

L'INTERPRÈTE

Il te demande quelle heure il était ?

SIMM

Quelle heure ?... Je ne sais pas.

LE CHEF

Alors, il répond ?

78

L'INTERPRÈTE

Essaie de te rappeler. Fais un effort.

SIMM

Je te jure que je ne sais pas.

L'INTERPRÈTE

Tu n'as pas de montre ?

SIMM

Il y en a une au café du village, elle me suffit.

L'INTERPRÈTE

Tu ne peux pas lui répondre ?

SIMM

Dis-lui que c'était la nuit. La nuit de la nuit !

L'INTERPRÈTE

Tu ne pouvais pas avoir une montre comme tout le monde !... Tu sais comme ils sont. Ils veulent tout savoir au millimètre près. Ta réponse va encore l'énerver !

SIMM

La prochaine fois qu'il y aura un tremblement de terre, je penserai à me déplacer avec l'horloge du cafetier sur le dos !

L'INTERPRÈTE

Tu trouves que c'est le moment de plaisanter !

LE CHEF

De quoi discutez-vous encore ? Oui ou non, t'a-t-il dit quelle heure il était ?

L'INTERPRÈTE

Il était... environ...

79

LE CHEF

Environ !... Environ !... Je me tue à le répéter, on ne fera jamais rien, on n'arrivera jamais à rien avec des gens pareils !

Eh, vous, là-bas !... Vous avez entendu quelqu'un là-dessous ?... Toujours rien ?... Bon, vous me démontez et vous me rangez tout ça. On s'en va !... On a besoin de nous ailleurs !

3
L'autre

Pendant qu'ils replient bagage, Simm approche de l'orifice qu'ils ont tous abandonné. Profitant du branle-bas, il s'agenouille, s'empare de l'extrémité du stéthoscope. Il le soupèse, le palpe, le tourne, le retourne entre ses mains, le frotte contre sa poitrine, contre sa joue, cherchant à s'y accoutumer.

Autour, les hommes se démènent, replacent les outils dans leurs boîtes, démontent la pompe, soulèvent la bâche du camion, entassent le matériel à l'arrière. Pour l'instant, personne ne prend garde au vieillard ; mais d'une seconde à l'autre, ils vont venir, et lui arracheront l'appareil des mains pour le ranger avec le reste.

Comme pour réchauffer l'instrument et s'en rendre complice, Simm fait claquer un baiser au dos du micro-écouteur.

Puis, les yeux mi-clos, s'extrayant chaque syllabe de la chair, attendant qu'elle se gorge de sang, d'espace, avant qu'elle ne traverse les lèvres ; puisant à une source où la parole est encore libre et peut atteindre *l'autre* où qu'il se trouve, d'où qu'il vienne

— Ami... é-cou-te !... É-cou-te-moi... Tu es là... Je le sais... É-cou-te... Ré-ponds... Il faut qu'on t'en-ten-de...

Soudain, ils sont tous revenus. Une forêt de jambes encercle Simm. Celui-ci serre l'objet encore plus fort entre ses doigts. Ses mains sont moites, la sueur coule le long de ses tempes jusque dans son cou

— A-mi... si tu ne veux pas parler, crie !... Vite, ou ce sera trop tard... Les...

Simm cherche désespérément le mot, l'interprète le lui souffle

— Les sau-ve-teurs sont ici... ils at-ten-dent ta voix... Vite, vite, vite... Ils vont partir !

Les piétinements soulèvent la poussière. Sans relever la tête, le vieillard sent sur ses épaules le poids de leur impatience, de leur hostilité. La menace de leur départ le paralyse, lui arrache le temps de trouver d'autres mots. Mais subitement, ses paroles le devancent. Subitement, elles se bousculent dans sa bouche, dévalent dans le trou

— Vite, parle, un mot, un cri, ils sont là, après on sera seuls, toi et moi, rien, je ne peux rien seul, vite, vite, très vite... Ils s'en vont ! Vite !...

Remontant toute la longueur du tube ; traversant, enfin, l'écouteur

— Jjjjje...

en ondes interminables, se prolonge et s'étire...

★

Simm brandissait le micro par-dessus sa tête

— Voilà !... Il a parlé !... Venez tous. Écoutez !

L'appareil passait de main en main. Chacun voulait entendre. Chacun entendit.

Le chef des travaux reprenait l'affaire en main

— Diego ! Prends Élie et Stavro avec toi. Ramenez un tracteur, une remorque, les éléments d'une baraque, tout ce qu'il faut pour la monter sur place. De la lumière, du ravitaillement. On campera ici, jusqu'à ce qu'on le sorte !... Remontez la pompe à oxygène. Il faut, le plus vite possible, lui donner de l'air. Vous introduirez le tube lentement, très lentement ; la moindre mala-dresse et vous risquez de boucher l'ouverture !... Il fau-dra un autre tube pour lui passer des aliments liquides. Tout cela est urgent !... Anwar, vous n'avez pas besoin d'être quatre pour remettre cet appareil sur pied !...

Badian, Ali, aplanissez les bords du réduit... Que le vieux continue de lui parler. Qu'il lui dise de tenir, qu'on l'en sortira !

Déjà Simm avait repris sa place
— Hôoooooo !... Hôoooooo !... Ils t'ont entendu... Ils restent !... Tu sortiras !
— Tu crois qu'il te comprend, passant comme tu fais sans arrêt d'une langue à l'autre ?
— L'autre matin, il m'a salué avec des paroles de chez nous... Moi, je fais collection des mots de tous les pays, c'est ma marotte !... Hôoooooo !... Tu seras dehors. Tu verras le soleil. Je te le dis !
— Ne te réjouis pas trop tôt, Simm. C'est maintenant que les complications commencent.
Le chef des travaux distribuait des consignes
— Joseph, tu préviendras les autorités. Il faut empêcher les curieux d'approcher. Et surtout pas de journalistes ! Ils s'agglutinent sur le malheur comme des mouches. Avec eux sur place, il n'y aura plus moyen de travailler... Il faut tenir la chose secrète jusqu'au bout. Officiellement, nous sommes ici pour poursuivre les travaux de désinfection, de déblaiement, un point c'est tout. Aucun d'entre vous ne devra rentrer chez lui avant que tout ne soit terminé, cela évitera les fuites... Quand l'homme verra le jour, il sera temps d'ameuter tout le monde. Pas avant !... Maintenant, c'est le tirer de là qui doit seul compter ; et ce n'est pas encore dans la poche !
— Qu'est-ce qu'on fait du vieillard ?
— Il peut encore être utile. Après tout, c'est à lui que le rescapé a toujours répondu.
— Il est mort de fatigue.
— Demande-lui s'il veut partir. Dans ce cas, recommande-lui le silence.
— Alors, grand-père, qu'est-ce que tu fais ? Tu pars ou tu restes ?
Simm regardait bouche bée.
— Tu ne m'entends pas ? On te demande ce que tu veux faire !
— Ce que je veux faire ?

— Si tu veux partir, ou bien...

— Partir ?!!...

Simm leva les bras au ciel, éclata d'un rire énorme

— Moi, partir ?!!

— Bon, bon. On a compris !... Mais tu ne peux pas répondre « oui ou non », comme tout le monde !

4
Est-ce que tu vois le jour ?

— EST-CE QUE TU VOIS LE JOUR ?
— JE NE VOIS RIEN.

Dès qu'on lui cédait la place, Simm, élargissant fragment par fragment l'orifice du réduit, cherchait à couler un rayon de lumière dans la nuit d'en dessous.

Non loin, les sauveteurs venaient d'entreprendre l'ouverture d'une tranchée, qui permettrait d'atteindre l'emmuré par en bas et de biais ; ainsi, éviteraient-ils d'ébranler le fragile échafaudage au-dessus de sa tête. La pompe à oxygène avait fonctionné correctement, un tube débouchant dans la cavité y déversait à présent de l'air frais.

Avec minutie, s'efforçant de remuer le moins de poussière possible, le vieil homme écarte les gravats, ramasse des bouts de bois ou de métal qu'il lance au loin, des poignées de sable qu'il jette derrière lui ; avance ses doigts comme des antennes, glisse prudemment ses mains dans la trappe, les enfonce pour retirer un caillou, de la ferraille, un morceau de plâtre, tout ce qui peut obstruer la brèche.

D'autres secouristes dressent en hâte la baraque en tôle, assemblent, vissent montants et traverses. Au mieux, sans que l'on puisse cependant en garantir le résultat, l'opération durera de trois à quatre jours.

— N'oubliez pas que la manœuvre est des plus délicates !

Convaincu à présent de l'utilité du vieillard, le chef de chantier insiste pour que Simm continue de parler à l'homme d'en dessous. Depuis le début, l'inconnu ne paraissait réagir qu'à cette voix-là. Les appels des autres, chaque fois, restaient sans réponse.

En dépit des précautions, la nouvelle s'ébruita. Elle pénétra les villages, entra dans la Cité, s'enfla, toucha les ondes, se multiplia. Une fois de plus, le transistor connut ses heures d'apogée. Inquiétude et curiosité s'emmêlaient. La solidarité alternait avec le spectacle. L'homme, cet homme... qui était-il ? Il refusait de livrer son nom. Rien d'autre pour le moment qu'un souvenir dans la tête d'un vieillard, qu'une voix venue des profondeurs. L'inconnu semblait se complaire, se retrancher dans cet anonymat. Il appartenait d'autant plus à chacun qu'on ne lui connaissait ni visage, ni identité. Un homme ? ou bien une image dans la tête d'un vieillard ? Dans la tête d'autres et d'autres encore ? Un visage sans contours baignant dans les eaux humides de leurs chambres intérieures ? Un aimant pour rêves en dérive ?

— Je le revois trait par trait. Je pourrais le décrire, comme s'il était là.

Était-ce le jeune homme que Simm avait aperçu à la fenêtre ? Était-ce le même ? En était-il certain ?

Le terre-plein était devenu un enclos séparé du reste du monde. Une surveillance stricte autour de la bourgade détruite en interdisait l'accès. À part le vieil homme et une vingtaine de secouristes, nul n'avait obtenu l'autorisation de pénétrer sur les lieux.

Quant à Jaïs... affirmant à qui voulait l'entendre qu'elle n'avait jamais douté de la parole de son époux, elle triomphait dans son village.

★

— ET MAINTENANT, TU VOIS LE JOUR ?
— PAS ENCORE...

— Est-ce que tu es blessé ?

— Non... mais fatigué. Mort de fatigue !

★

— Laisse-nous ta place, Simm. Nous devons introduire le second tube qui servira à l'alimenter. Après, tu lui expliqueras comment il doit faire.

— Ce sera long ?

— Assez long. Tu as le temps de te dégourdir les jambes.

— Quand ce sera fait, vous me rappellerez ?

— On te rappellera. Pars tranquille.

Simm rejoignit ceux de la baraque pour les aider à terminer leur besogne. Il déplaça d'épaisses feuilles de tôle, raffermit les parois à coups de marteau. Tout en cognant, une phrase se planta dans sa tête

— Je te laisse, Aga ; tu me la garderas !

Il sortit précipitamment, chercha un long moment avant de retrouver la poupée.

Celle-ci gisait entre les roues du camion, les robes déchirées, piétinées. Il l'épousseta, la rafistola le mieux qu'il put, pénétra de nouveau dans la cabine pour la mettre à l'abri.

— Voilà à quoi tu joues !

— Tu n'as pas honte, vieux pervers !

Quelqu'un lui arracha Aga des mains, la lança dans les airs. Un autre la rattrapa

— Pas de tête ! Une seule jambe ! Et tu la serrais contre toi comme si c'était ton paradis !

Simm la leur reprit en plein vol, l'abrita sous sa veste, recula, heurtant le mur métallique. Le choc fit vibrer toute la cabine.

Stavro s'empara de la poupée, tandis que les autres forçaient Simm à tournoyer sur place, menaçant de lui bander les yeux s'il ne se laissait pas faire. Bientôt ils furent quatre, cinq, sept, neuf, autour de lui, poussant des glapissements, riant, escamotant Aga sous le bras, derrière le dos, pour la faire soudain reparaître et s'en

87

servir comme d'un ballon, se la passant à une vitesse
vertigineuse

— Rendez-la-moi !

— Eh, là, Badian, attrape !

— À moi, maintenant !

— Attention, il va nous la reprendre !

— Idiot, tu t'es laissé avoir !

— Il a le bras comme une anguille !

— Il est plus malin qu'un moine !

— Je l'ai rattrapée ! Hop, Ali, à toi !

— Jette-la plus haut, par-dessus sa tête !

— Je l'aurai ! Je l'aurai !... Elle est à l'enfant !

Les hurlements de Simm se noyaient dans le
vacarme.

Quelqu'un frappait de l'extérieur avec un bout de fer
contre la cloison

— Vous êtes devenus fous là-dedans !

Ils n'écoutaient pas, et reprenant

— Hop là !... Attrape ton sac à pénitences !

— Tiens, on te la rend ton ignoble ruine !

Étreignant la poupée, Simm tenta encore une fois
d'atteindre la porte et de filer. Poussant des coudes,
esquivant l'un, échappant à l'autre, il avançait la tête
baissée comme sur un terrain de sport. Mais ils le rat-
trapèrent

— Donne-nous une revanche !

Ils étaient trop nombreux, il ne restait plus qu'à
entrer dans le jeu

— D'accord !

À répondre à leurs injures par d'autres plus vertes
encore. Pour les gros mots, Simm ne craignait personne !

De nouveau, la poupée voltigea.

— Tu connais le blé, les olives, la vigne, le soleil, les
étoiles ! Mais tu es trop vieux pour être un homme !

— Bande de femmelettes ! Il en faudrait une vingtaine de votre taille pour m'en remontrer !

— Attrape ta reine, monarque, elle est fendue de partout !

— Os de plâtre ! Éperons de cire !

— Débarrasse-nous de cette moribonde, et bon appétit !

— Moutons à têtes de babouins !

— Que ta graisse se change en maigreur !

— Fesses plates !... Aboyeurs !...

— Vieux blaireau ! Farci de rien !

— Quilles fondues ! Langues bouillies !

Ils riaient dans une cacophonie d'enfer. Saisie, rejetée, frappant murs et plafonds, la poupée retombait mollement entre leurs mains tendues, repartait en flèche, rebondissait toujours

— Tu es trop vieux le vieux ! Tu te déplaces comme un hanneton !

— Que l'araignée vous enfile !

— On ne te la rendra plus ta muette !

— Par la chair des moineaux, vous me la rendrez !

— Par la mâchoire du serpent, elle est à nous !

— Par l'eau, elle est à moi !

— Par tes reins, elle est à nous !

— Par toute la terre, Aga est à Aga, et je la lui rendrai !

Secouru par Ali, soudain passé de son côté ; profitant de la lassitude des autres, Simm récupéra enfin la poupée et la garda.

La cabine tanguait. Le vieil homme sentit le sol se dérober sous ses pas. On lui tapait sur le dos

— Tu sais te battre !

— Elle n'est pas raide, ta langue !

L'infirmier qui avait frappé plusieurs fois sur la cloison poussa la porte et entra.

À sa stupéfaction, il aperçut, soutenu par les autres, Simm debout sur un escabeau, qui suspendait un paquet de hardes à un crochet fixé haut.

— Qu'est-ce que c'est ?

— Aga !

Aga ?... À quoi cela ressemblait-il ? À une chauve-souris, la tête entre ses membranes fripées ? L'infirmier referma la porte derrière lui, approcha pour examiner la chose de près. Le vieux était redescendu, mais tous les regards restaient fixés sur Aga. Le corps peu à peu

89

prenait forme ; mais l'absence de tête laissait un vide terrifiant. Dans la pénombre, des visages surgissaient à l'endroit du cou...

Une voix mal assurée rompit le silence

— Sortons d'ici !

Ces apparitions successives engluaient les hommes sur place, ils ne parvenaient pas à en détacher le regard. Des têtes défilaient : bergère à naseaux d'âne, fille des séismes et des fléaux ; œil de vipère, de colombe ; visage de derrière les vitres, mendiante des crépuscules, méduse en toile de lin, innocente envoûtée, sorcière à maléfices...

— Sortons d'ici !

Badian ouvrit toute grande la porte.

La brutale lumière rendit la chose à sa simplicité.

★

Dès qu'il put quitter la baraque, Simm se précipita vers l'orifice.

Personne n'était là. Fou de colère, il se tourna vers ceux qui creusaient la tranchée

— Vous l'avez abandonné !... Vous auriez dû m'appeler !

— T'appeler !... Tu en as de bonnes ! Qui pouvait t'atteindre au milieu de ce tapage ?

Simm s'agenouilla, se courba vers la terre, parla

★

— À PRÉSENT, EST-CE QUE TU VOIS LE JOUR ?

— UN PEU...

5

La crevasse

— ... Un peu.

... *très peu... à peine. Le dos de ta main que tu ne voyais pas, soudain tu l'as vu. Ce morceau de chair, tout d'un coup, éclairé comme par un coup de pinceau... Tu le regardes, tu ne peux plus en détacher les yeux... tu fais courir le filet de lumière le long de chaque phalange, jusqu'à l'extrémité des doigts... Fabuleux... incroyable... Avant ?... j'étais absent, immobile. Avant ? C'était quand, avant ?... Ce jet de lumière, je le boirais !... Ma main peut l'atteindre, le garder. Avant ? Je n'existais plus. Avant d'entendre cette voix, c'était l'enfer... Même pas... Ce n'était rien... plus rien... Ça ne bougeait plus autour de moi, ni en moi... autant qu'il m'en souvienne, c'était fini... Tu n'étais rien... Le silence était vide. Je ne me vivais même plus. Jusqu'à cette voix... À présent, j'écarte, je referme mes doigts, je les avance, je les retire... Le rayon de lumière est toujours là, dans ma cage. Je l'attrape comme un oiseau, il se répand sur toute ma peau... Je me sens !... Depuis sa voix, je me sens... Tu remues lentement sur place, tu vis !... J'ai mal dans les mollets, les épaules, la nuque... Avant ?... J'étais de la pierre. Un tas. Abandonné. M'abandonnant. Je voulais que ça finisse, glisser dans le sommeil. Une larve. Tu t'enfonçais, c'était presque bon... Qui m'en a arraché ? Pas moi. Je ne voulais pas revenir, recommencer, me débattre encore... J'étais dans ma coquille, je m'absentais doucement, ça me suf-*

fisait... *L'autre, avec son cri !... Je n'en voulais pas. Il criait, criait, ça traversait tout. Il fallait se battre contre soi-même pour répondre... Comment tout cela est-il arrivé ? C'est loin. Tu te rappelles ? J'essaie. Quand tout s'est déchiré, j'ai lutté comme un fou. Je glissais, je glissais, le sable, les gravats, les poutres me retombaient dessus... la poussière m'emplissait la gorge. Tu étouffais. Tu hurlais... Tu as hurlé des heures, mais personne ne t'entendait. Tu n'as plus de force, tu t'engourdis, tu renonces. Des heures, des jours, des siècles... Et lui, criant !... Plus tard, beaucoup plus tard. Qu'est-ce qui t'a enfin poussé à répondre ?... Au bout de combien de temps ?... À tâtonner pour trouver une pierre, un morceau de fer, à les frapper l'un contre l'autre pour te faire entendre... Encore le cri, et puis sa voix... Je la reconnaîtrais entre mille, cette voix... Il ne me parle plus depuis un moment...*

— Hé !... Hé !... Tu es là ?
— Je suis là. Je reste là, ne t'inquiète pas.
— Je veux sortir !
— Patiente. C'est pour bientôt.

... Tu tombes dans le gouffre, les yeux ouverts... ça se rabat sur ta tête, ça explose tout autour. Je ne veux plus entendre ces hurlements d'écorchés. Je ne veux plus m'entendre... Non, essaie, essaie, fais un effort, rappelle-toi, tu t'es retrouvé emmuré seul... Tu découvres au fond de ta poche un briquet, tu t'éclaires... le plafond te semble fragile, il risque de s'effondrer d'une seconde à l'autre... tu es cerné, tu cherches un passage, il n'en existe plus... J'allume, j'éteins ce briquet, l'étincelle te garde en éveil, tu t'attaches à cette flamme, tu n'as plus qu'elle, tu veux la garder, la préserver, chaque goutte d'essence compte, chaque goutte... Dehors, tu gaspillais les minutes, le temps... tu laissais filer, tu dilapidais... Dehors, des fièvres intermittentes... rien ne m'atteignait vraiment... Je respire mieux depuis qu'ils m'ont passé ce tube d'oxygène... ces jours-ci j'ai pu m'alimenter grâce à cette boîte

de biscuits retrouvée à côté de moi... la soif était horrible...
Ils travaillent pour me sortir d'ici. Où en sont-ils ?

— Je veux sortir !

— Patiente. On s'occupe de toi.

— Depuis combien de temps est-ce que je suis ici ?

— Presque une semaine...

— Une semaine !... Qu'on me sorte vite, je ne tiendrai pas un jour de plus !

6
Le nom

— Faites vite, il est à bout. Il ne pourra plus tenir longtemps !
— Calme-toi, grand-père. En se dépêchant, on risque la catastrophe.
— Il vous faut combien de jours ?
— Trois ou quatre... Dès qu'on approchera du réduit, il faudra qu'il nous vienne en aide. On aura besoin de ses indications. À toi de le garder en éveil.
— Qu'est-ce que je dois lui dire ?
— Dis-lui qu'on fait tout ce qu'on peut !
— Hôoooooo !... Tu sortiras bientôt.
— C'est quand bientôt ?
— Demain !
— Demain ?...
— Demain... Sois tranquille. La nuit descend. Quand elle sera là en entier, je te le dirai et tu pourras dormir. On s'occupe de toi ici. Je veillerai, jusqu'à ce qu'on te sorte.

Durant toute la nuit, l'homme d'en dessous n'avait pas appelé et Simm supposa qu'il s'était endormi. Au matin, les travaux n'avaient guère avancé, et le vieil homme rétrécissait l'ouverture de la crevasse pour que la lumière n'y pénètre pas trop fort et que l'autre puisse prolonger son repos.

L'interprète s'accroupit à côté de Simm

— Interroge-le. Demande-lui son nom. Il y en a qui donneraient cher pour le savoir.

— Il ne veut pas le dire.

— Essaye toujours.

— Plus tard. Je préfère le laisser dormir, les heures passeront plus vite... Laisse ce micro, ne le réveille pas.

— Tiens, il t'appelle !

★

— Oui, c'est moi. Oui, je t'entends. C'est le matin.

— J'ai dormi très longtemps.

— J'aimerais connaître ton nom. Comment t'appelles-tu ? Dis-le-moi. Ce sera plus facile pour se parler.

— Je ne veux pas inquiéter ceux qui sont dehors. Je te le dirai quand je sortirai d'ici.

— Tu sortiras !

L'interprète posa sa main sur l'épaule de Simm

— Il te l'a dit, son nom ?

— Il ne veut pas le dire.

— Insiste.

— Pour quoi faire ? Laisse-le en paix.

— Bon, je m'en vais. Mais quand tu sauras, tu me rappelleras.

— Hôooooo !... Je vais te trouver un nom. Tu veux ?

— Trouve.

— Je t'appellerai Jeph... C'est un nom pour étrangers. Ça te va ?

— Ça me va... Et toi, comment tu t'appelles ?

— Trouve-moi un nom, toi aussi.

— N'importe lequel.

— Celui que tu diras sera le bon.

— Je t'appelle : Ben... Ça te va ?

— Ça me va.

— Alors ce sera : BEN.

— Et toi : JEPH.

Simm rappela l'interprète

— Eh, là-bas, il s'appelle Jeph !

— Jeph ?... C'est un nom d'où ?

— De n'importe où ? De partout. Qu'est-ce que ça fait ? Ça me suffit pour le reconnaître.

— Tu poses mal tes questions, Simm. Tu ne sais rien de cet homme.

— Je sais qu'il est vivant, je ne veux rien de plus !

★

Au cours de l'après-midi, Simm reconnut au loin la robe rouge de la fillette. Comment s'était-elle faufilée jusqu'ici ?

Quelques minutes après, elle se posta devant lui

— Où est Aga ? Je suis revenue la chercher.

Le vieil homme lui montra la baraque.

— Demande à ceux qui travaillent à côté, ils t'aideront à la décrocher.

Elle le regarda avec désapprobation

— À la décrocher ?... C'est à toi que je l'avais confiée, pas à eux.

— Celui qui est en dessous me prend tout mon temps... Mais ne t'inquiète pas, ta poupée est à l'abri, tu n'as rien à craindre. Tu la retrouveras comme tu l'as quittée.

— Et l'autre ?

— Comme tu l'as quitté, lui aussi.

— J'aimerais le voir.

— C'est impossible.

— On ne parle que de lui sous les tentes. Si tu me le montrais, je serais la seule à l'avoir vu, et je pourrai leur raconter... Ils n'écouteront plus que moi !

— La terre, tu la connais, Aga, elle n'est pas transparente !

Un peu plus tard, Aga revint, tenant la poupée dans ses bras

— Tu me laisses lui parler ?

— Oui, viens.

Elle s'agenouilla près de Simm

— Toi, tu l'as déjà vu ?

— Juste avant le tremblement de terre.

96

— Longtemps ?

— Le temps d'un salut.

Il lui tendit le micro

— Parle là-dedans.

— Qu'est-ce que je peux lui dire ?

— Tout ce que tu veux.

— Tu crois qu'il me répondra ? Dans la baraque, ils m'ont juré qu'il ne répondait à personne, seulement à toi.

— Essaye toujours.

Elle déposa sa poupée entre les genoux de Simm, saisit l'appareil

— Ça me fait drôle !

— Approche tes lèvres et parle... Vas-y, parle, ça ne te mordra pas.

— Je vais lui raconter une histoire.

— Tu ne veux pas d'abord savoir s'il t'écoute ?

Elle commença

— L'oiseau mort m'a visitée cette nuit. Il était plus grand qu'une maison et ma porte trop petite. Il s'est cogné le front, il s'est blessé les ailes en essayant d'entrer. Il saignait si fort que je suis sortie pour le soigner, et je l'ai guéri. Après, nous avons joué ensemble ; nous avons volé au-dessus des arbres en picorant les fruits. Puis, tout d'un coup, dans les airs, il s'est mis à me battre, à me frapper... Je suis tombée comme une pierre au milieu du jardin. J'étais en colère. Je lui ai crié : « Ça m'est égal si tu gagnes, parce que tu es mort. Mort, mort et mort ! » Mais j'ai vu qu'à lui aussi tout était égal. Il était mort et il ne voulait pas le savoir !... Bientôt on l'enterrera dans toute la colline, au milieu de pleureuses à qui on aura fermé la bouche avec de grosses épingles doubles...

— Aga, tu ne veux pas savoir s'il t'écoute ?

Elle se cramponnait au micro

— Laisse-moi. Je sais quand quelqu'un m'écoute.

— Et alors ?

— Il m'écoute. Depuis le début, ça s'entend... Je veux continuer. Là-bas, ils sont trop malheureux. Personne n'a d'oreilles pour mes histoires. Personne !

97

— Continue.

— Le ciel est une longue jeune fille, mince et courbée comme un pont au-dessus de la grande boule du monde. La terre, c'est un homme vert-brun qui ne la voit pas, qui ferme ses yeux, qui ne sait pas se tenir sur ses jambes, qui reste couché comme un enfant, qui se bouche les oreilles avec ses poings...

— Il te répond peut-être ?

— Non, il ne veut pas répondre. Il préfère quand je parle.

Elle déposa l'appareil sur le sol, prit la main de Simm entre les siennes, la pressa contre son corsage

— Mon cœur est chaud quand je parle beaucoup. Tu sens comme il est chaud ?

— Tu as beaucoup parlé !

— Quand je n'ai pas Aga, il n'y a personne pour m'entendre !... Je ne peux pas me prendre dans mes bras, je ne peux pas me bercer... Alors, quand Aga n'est pas là, c'est froid comme dans une citerne !... Toi, parle-lui maintenant, je veux entendre comment il te répond.

★

— Hôoooooo !... Est-ce que tout va, Jeph ?

— Quel jour sommes-nous ?

— C'est le même jour, mais quelques heures ont passé.

— Tu m'as dit que je sortirais demain. C'est quand, demain ?

— Bientôt. Très bientôt.

★

— Il ne t'a pas parlé de moi ?

Déçue, l'enfant est repartie, la poupée dans les bras, un voile bleu dissimulant l'absence de tête. Simm la regarde s'éloigner. Cette fois, elle ne reviendra plus.

Plus loin, elle fait un détour du côté d'un groupe de secouristes, s'arrête devant eux, observe leurs manœuvres. Un contremaître essaye en vain de mettre une foreuse en marche : la courroie glisse, se déplace, il faut

98

sans cesse la remettre sur le cylindre. Le bruit du moteur se déclenche, puis de nouveau s'éteint

— Quel est l'imbécile qui a réparé cet appareil ?

La fillette approche

— Faites vite, sinon l'homme va mourir au fond de son trou.

— Est-ce que ça te regarde ?... Fous le camp !

Aga redresse la tête, le fixe avec insolence. Le visage baigné de sueur, le contremaître l'injurie

— Retourne d'où tu viens, sous la tente !

— On en sortira ! Lui, de son trou. Moi, de dessous la tente ! Et le jour où tu auras appris à faire marcher des machines, peut-être qu'on en sortira plus vite encore !

Brusquement, la foreuse s'est remise à fonctionner dans un bruit assourdissant. Le contremaître, ôtant sa veste et la tenant à bout de bras, menace l'enfant comme d'un fouet

— Fous le camp !

Aga lui tire la langue et se sauve. La jaquette fait des moulinets dans l'air, essaye de l'atteindre. L'enfant court devant. L'autre la pourchasse, comme on ferait pour une nuée de mouches

— Petite peste ! Vermine !

— On en sortira ! On sera partout ! On vous grimpera sur le dos ! On saura faire tourner les machines !

Le vrombissement du moteur recouvrait sa voix. Le contremaître venait de la rattraper et s'apprêtait à lui administrer une correction, quand – une fois encore – la machine cala, se bloqua.

Le silence du moteur tomba entre eux comme un couperet. Le contremaître s'immobilisa.

Les cris exaspérés du chef de chantier le rappelaient sur place.

★

Le lendemain, Simm interrogea les sauveteurs

— Ça avance ?

On ne lui répondit pas.

L'interprète se détacha du groupe, vint vers lui pour lui tendre une gamelle. Puis, ôtant son casque, il le plaça de force sur le crâne du vieillard.

— Tu risques d'attraper une insolation !

La coiffe lui serrait les tempes, Simm préférait de loin la mince protection de son mouchoir grenat. Le soleil, ça le connaissait !

— Et l'hôpital, ça te connaît aussi ?!

L'appareil grésillait. Simm le souleva aussitôt

— Chut !... Il m'appelle...

— Comment fais-tu pour entendre toujours ?

— Je reste tapi dans mon oreille.

— Qu'est-ce qu'il te veut ?

— Il veut être rassuré, c'est tout... Hôoooooo ! Jeph, je suis toujours là, et tout avance !

— C'est tout ce qu'il voulait ?

— C'est tout !

— Tu te débrouilles bien avec ces tubes, ces appareils, Simm !... Comment fais-tu ? Ça ne te fait pas peur, toutes ces machines ?

— Pourquoi veux-tu ? Elles sont là pour nous servir. On en a besoin...

— Tu n'entends pas ce qui se passe dans le monde ? À quoi elles mènent, les machines ?

— C'est la main qu'il faut changer, pas les choses...

— Les hommes, quoi !... Toujours eux !

L'interprète s'éloigna en traînant les pieds.

— Hôoooooo !... Tu verras la terre, Jeph... Au sortir de la nuit, tu la verras sous un autre jour !

7
L'échelle du temps

— Ça avance trop lentement. J'en ai assez ! Assez !...
Quand est-ce que je serai dehors ?

— Patiente, ami, patiente...

— Tu n'as que ce mot à la bouche, Ben ! Avec ce
mot-là, vous n'en sortirez jamais, toi et les tiens !

— Tu respires, tu vis, Jeph. Patiente... Tu m'as dit que
tu n'étais pas blessé, que tu peux bouger tes bras, tes
jambes... Dehors, on travaille pour toi. Attends, je vais
te faire entendre le bruit d'une turbine. Il y a cinq
machines qui tournent pour toi, et une trentaine d'hommes qui creusent. Tout ça pour toi, Jeph... Pour que tu
reviennes.

— Non, non, arrête ce bruit... Dans ce trou, ça fait
un vacarme horrible... Il faut me tirer d'ici !

— Ce sera fait, Jeph. J'y veillerai. Ce sera fait, tu peux
me croire.

— Ben !

— Oui, Jeph.

— Ne fais pas attention à mes cris.

— Crie autant que tu veux, ami. Je sais, c'est difficile
là-dessous... plus qu'on ne peut imaginer !

– Ta voix, Ben... comment te dire... je m'y raccroche.
Je voulais que tu le saches... Ne t'éloigne pas !

*L'air libre ! Échapper à la nuit. Eux se vautrent dans
leur patience. Leur espoir, c'est de la résignation. Ben ?...*

101

*J'ai parfois envie de le secouer, parfois de lui dire
« merci » à genoux. Quand ses mots viennent tout droit,
comme une blessure dans la terre, je patiente à mon tour.
Des montagnes sur ma tête, des forêts colossales, abattues. D'une seconde à l'autre, je sens que je vais toucher
le sol de mon front. Un mufle qui s'écrase, sans une goutte
de sang...*

— Qu'ils dégagent par en haut, Ben ! Dis-le-leur !
— Ils ne peuvent pas. Ce serait trop dangereux. Ils
viennent vers toi par les côtés.

*Envie, folie de vivre tout d'un coup. De plus en plus.
Dehors, souvent, c'était le contraire. Il y avait des jours
où je souhaitais en finir. L'air du temps était à la dérision.
Ton air. Que cherchais-tu vraiment ? Que voulais-tu vraiment ? Aimais-tu cette vie que tu réclames ?... Si peu ! Ou
alors sans le dire, pour rester lucide, pour ne pas être
dupe, niais, ridicule. J'étais lucide. Extralucide. Tu t'éga-
rais dans le labyrinthe des idées. Tu raisonnais tout. Tu
t'enfermais dans cette citadelle, prenant tes distances,
comme « au spectacle ». Tu perdais chaleur. Chaleur ?
Est-ce que c'est cela la voix de Ben ? Où en est-il, Ben ?
À quoi ressemble-t-il ? Où en sont-ils dans ces pays si
démunis ? Nous, eux, on dirait deux trains qui se séparent, partant dans des directions opposées, à une vitesse
qui s'accélère. Un vide de plus en plus béant entre leurs
pays et les nôtres. Bientôt, qui pourra survivre ? « Qui
pourra survivre ?... » Un titre dans un journal, avant de
partir. Où est-ce que j'avais lu ça ?*

— Ben !... C'est long, c'est trop long ! Dis-moi s'il n'y
a aucun espoir, dis-le-moi. Je préfère savoir.
— Tu dis n'importe quoi, Jeph !... Aussi vrai que je te
parle, tu sortiras. Restons ensemble, toi et moi. Réponds
et je te répondrai, le temps passera plus vite.

— Je ne veux pas mourir dans ce trou !

— Qui te parle de mourir ! C'est du contraire que je te parle...

— Ça traîne, ça traîne trop !... Vous dormez tous ! C'est pour ça que ça n'avance pas. Vous traînez votre pays derrière vous comme une brouette !

— Assez, Jeph ! Ne prends pas avantage sur ce que tu possèdes, je ne prendrai pas avantage sur ce qui vous manque...

— Tu es en colère ? Je t'ai mis en colère ?

— On est tous sur le même radeau entre terre et ciel. Si tu ne comprends pas ça, on ne peut plus se parler !

« Qui pourra survivre ? » Oui... j'ai lu que d'ici dix ans un désastre d'une ampleur sans précédent surgira dans le monde... des famines plus vastes qu'à aucun moment de l'histoire ravageront les nations pauvres... ce sera la mort de dizaines de millions... Tu étais mal à l'aise, tu as eu honte. Oui, c'est cela, honte ; juste le temps d'oublier ! Les événements se succèdent trop vite. Ces lignes disaient encore... oui, je me souviens... que la technique était incapable d'accroître la production d'aliments à temps pour éviter la catastrophe. Le rouleau compresseur était en marche ! Il suffisait d'être né d'un côté ou de l'autre de la planète pour récolter vie ou mort ! Des privilégiés, voilà ce que nous étions... réduisant la vie à des besoins de plus en plus arti...

— Ben, je me rappelle pourquoi j'ai voulu venir dans ton pays.

— Pourquoi ?

— J'avais honte...

— Honte ?

Était-ce faux ? Etait-ce vrai ? Tu ne sais plus. Tu ne savais pas. Ça me prenait par à-coups, comme un éclair.

*Autrement, j'existais. Sans trop de feu, sans trop d'ima-
gination...*

— Honte ?... Tu disais « honte », Jeph ?
— Je n'ai pas dit ça ! Qu'est-ce que je suis venu faire
dans ce sale bled ?... Leurs travaux sont toujours au
même point. Ils traînent comme des limaces. Quand
est-ce qu'ils vont me sortir d'ici ?
— Tout est en mains, Jeph.
— En quelles mains ?!...
— Je m'en vais, quelqu'un d'autre viendra te parler
à ma place !
— Non, non, reste... Je ne veux personne d'autre.
C'est ta voix que je connais. Je suis fatigué, Ben, par-
donne-moi.
— Tu te malmènes, ami. Tu veux blesser la terre
entière, mais c'est toi que tu blesses quand tu fais ça.
— Tu restes ?
— Je reste. Mais écoute, Jeph : aide-toi.
— Comment m'aider ?
— Ferme les yeux. Regarde dedans. Baigne dans ta
racine. Écoute la vie monter, écoute... Elle est dans ta
poitrine, la vie ; dans ta gorge, dans ta bouche. Elle est
à toi, à nous.

*Profiter de ce silence. Ce silence jamais vide. On dirait,
c'est vrai, qu'une présence l'habite. « Je me vis... » Tu es
resté longtemps évanoui après le choc. Au réveil, tu voulais
vivre, vivre, vivre. Chacun de tes muscles. Chacune de tes
pensées. Le mot résonnait comme un glas « vivre, vivre,
vivre », puis m'échappait ! Tu avais peur de périr de soif. Tu
as taillé les veines de ton poignet pour boire ton sang. Tail-
ladé tes lèvres pour t'humecter la bouche. Oui, je me rappelle, les cicatrices, je les sens sous mes doigts. Tu aurais
fait n'importe quoi pour te garder en vie. Tu as bu ton urine,
presque sans répulsion. La vie, la vie ! Un éclat d'acier dans
cette ombre lourde où tu te tenais, collé, aplati...*

104

— Ben... que penses-tu de la mort ?

— La mort, la vie... Ça ne peut pas se séparer, ça se regarde ensemble.

— Quelqu'un me parlait tout à l'heure, qui était-ce ?

— Aga, une petite fille. Tu aurais dû lui répondre.

— Je ne peux parler qu'à toi.

— Tu l'écoutais au moins ?

— Oui, c'était comme une chanson. Qu'est-ce qu'elle faisait près de toi ?

— Elle était venue chercher sa poupée. Une drôle de chose, cette poupée : du sable ficelé dans de la toile, des habits rouges et sales, une seule jambe, pas de tête ! Mais elle, Aga, la serrant dans ses bras comme si c'était tout l'amour du monde ! Si tu avais vu ça !... Peut-être que ça t'aurait fait rire !... Dis, Jeph, est-ce que ça t'aurait fait rire ?

Noël. La nuit soyeuse déborde de guirlandes, s'injecte de lumières, s'engorge de victuailles. Tu entres dans un magasin, tu traverses des couloirs, des couloirs, les jouets s'empilent, se multiplient comme des microbes. Tu ne penses plus à rêver, à imaginer ce que l'enfant aimerait. Tu piques là-dedans, vite, au hasard. Il y a de tout : automobiles à sièges de cuir, trains électriques, fusées, poupées à qui il ne manque même plus la parole, avions rutilants, tanks à la carapace verdâtre, fusées, mitraillettes, et même... guillotines, roues à supplice. Noël ! Chantons la paix. Ailleurs, on ne joue pas. Les prisons regorgent. Les guerres tuent. La faim mine... Ailleurs !

— Hôoooooo ! Jeph !... la tranchée s'allonge. Ils approchent. Tu me diras quand la terre bougera à côté de toi.

— Il n'y a rien encore ! Mais j'entends, loin, le bruit d'une machine qui perce.

— Fais attention, Jeph. Dis-nous tout ce qui arrive. Tu peux nous aider maintenant.

Chaque fois qu'il dit « Jeph », je réponds comme si c'était mon nom. Quand il appelle, ça devient mon nom. Ton nom. Plus vrai que l'autre ? Ce nom qui encadre, emprisonne, comme le monde avec ses murs étanches... En soi, pourtant, quelque chose échappe toujours. Être sans nom. Jeph de nulle part. Se retrouver sans identité. Par-delà. En deçà... Se retrouver vraiment.

— Jeph, je pense parfois que tu es le fils de mon fils. Toi, la graine de demain. Moi, le tronc qui respire pour toi tout autour. Quand tu deviendras arbre, tu perceras la terre, et je disparaîtrai.

— Ça ne te fait rien de disparaître ?

— J'aurai eu mon temps... Parfois tu es mon enfant, parfois je suis le tien. Est-ce que tu comprends ? Nous naissons ensemble... Pour ceux qui s'aiment, ça devrait être comme ça, tu ne crois pas, Jeph ?

— Ben, quel âge as-tu ?

— Devine...

Il doit être vieux, ça se sent par instants, à sa voix. D'autres fois, il est sans âge, s'élançant comme un enfant... Toi, tu prends des distances. Tu vis comme « à côté ». Ton regard traverse, ne s'attarde pas. Tu ne sais plus dire « non », tu ne sais plus dire « oui »... c'est un « non-oui » perpétuel. Tu envies ceux qui ont de la rage au ventre. Tu as raison de les envier. Plus tu t'approches, plus ta passion s'effrite. Même elle, Mora ! Tu ne la saisis qu'en facettes, une addition de gestes, de traits. « Tu dérailles trop, tu ne sais plus où je me trouve ! », elle crie, se cabre, cette Mora dispersée, cette Mora que je disperse. Ceci plus cela, plus cela encore, et encore et encore... Mora en miettes, jamais en rivière ! Dans ce silence, tout se met à compter. Chaque souffle, chaque parole prend étendue. J'habite chaque mot. « J'habite. » Même Mora, je l'habite à présent.

— Tu te reposes, Jeph ? Tout va bien ?

— Je suis bien, Ben. Toi aussi, repose-toi.

J'habite Ben. Lui, à son tour, m'habite. Je navigue dans mon propre corps. La vie est étale. C'est étrange. Je ne sens plus les rouages. Je repose dans une sorte de durée...

Qu'est-ce qui arrive ? Ce vacarme ! Mes tympans éclatent. La paroi s'effondre... La terre me retombe dessus.

— Au secours ! Ben !... La terre tombe de partout ! J'étouffe, Ben !... Au secours !...

Simm ne fit qu'un bond jusqu'à la tranchée

— Arrêtez ! Vous allez le tuer !

À cause du bruit, ils ne l'entendaient pas. Il sauta dans la tranchée au milieu d'eux, empoigna un des hommes par les épaules, le forçant à lâcher la perforeuse.

— Si quelque chose lui arrive, vous aurez affaire à moi !

— Calme-toi, grand-père, calme-toi !... C'est un travail de fou qu'on nous fait faire. La crevasse est entourée de rochers, de sable, de ciment, de pierres... Comment veux-tu qu'on pique là-dedans ?

— Vous avez failli l'ensevelir !

— On va changer d'instrument. Ce sera plus long, mais tant pis !

— Ça durera combien de temps ?

— Comment veux-tu qu'on te dise ? Tu vois ce qui arrive si on se presse ?

— Ça fait déjà deux jours de passés !

— Si toi aussi tu perds patience !... On fait ce qu'on peut, mais le danger n'est pas écarté. Retourne à ta place, c'est là que tu peux nous être utile. Il faut qu'il suive l'opération par en dessous. Demande-lui si tout va maintenant ?

— Hôooooo !... Est-ce que ça va, Jeph ?

Pas de réponse. Simm souffla dans l'appareil, cria

— Jeph, réponds-moi !

Une toux le rassura.

107

★

Depuis des heures, les mots restent sans écho. Mais Simm parle, pour que l'autre sente sa présence. Le vieil homme a honte, lui aussi ; honte de respirer à pleins poumons, de ne rien risquer là-haut, tandis que Jeph... entre des murs qui menacent ! Jeph, dans ce trou plein d'odeurs, plein de dangers !... Quel courage il lui faut, pour parler, pour tenir. Simm oublie trop souvent cette peur d'en bas, ces risques... il fonce comme une brute, mordant à pleines dents dans l'obscurité. « Tu parles trop, Simm. Tu fais germer l'inquiétude dans les têtes les plus tranquilles ! » Le maire de son village le morigénait souvent : « Laisse les gens où ils sont, Simm ! » Le vieil homme avait horreur des « têtes tranquilles », il les aurait bourrés de coups, ces jeunes qui se contentaient de vivre comme par le passé. « Si ce n'est pas vous qui allez la retourner, la vie, ce sera qui ?... Si ce n'est pas vous qui sortirez de votre peau, qui chercherez plus loin que vos yeux, ce sera qui ?... » Le rance, le recuit, il ne le supportait pas. Les gens à têtes trop assises, ça le rendait fou ! Il fallait des printemps, des commencements... d'autres commencements toujours !

— Jeph, ne perds pas courage. Il faut tenir. Ta vie est unique, Jeph !... Elle est là. Elle t'attend...

Pour la huitième fois, le soleil disparut.

Le vieil homme avait-il rêvé tout cela ? Cette blessure en plein front l'avait peut-être sérieusement atteint ; depuis ce jour-là, peut-être que tout chavirait, divaguait dans sa pauvre cervelle ? Ou bien, si tout cela était vrai, l'éboulement de tout à l'heure avait été fatal, et l'homme agonisait.

La nuit prenait ses quartiers sur toute la terre. L'homme était mort. Simm était mort. Les hurlements de Bic. Le grondement qui avait annoncé la fin du village n'était qu'un présage, le prélude à l'éclatement de toute la terre. La déflagration totale tant de fois annoncée !

— Ben !... Ben !... raconte-moi ce que tu vois autour de toi.

C'était la nuit. Mais Simm raconta. Il raconta le jour ; la clarté du jour soulignant toutes les formes.

L'autre ne répondait plus, son appel avait suffi ; les idées affluaient. Simm racontait sans fin. « Tu me fatigues », se plaignait Jaïs, « tu ne t'éteindras donc jamais ? » La mère de Simm s'était éteinte lorsqu'il venait d'atteindre ses douze ans. Il l'avait vue, longuement, se parcheminer, puis mourir. Lorsqu'on a vécu, traversé cela, cet arrachement, cette disparition, qu'est-ce qui peut ensuite vraiment vous démolir ? Elle était douce, sa mère, elle oubliait de vivre sa propre vie. Simm aurait voulu ouvrir les portes que l'on bouclait sur les femmes de ces pays. Sa mère avait disparu avant qu'il n'ait pu rien faire pour elle... Jaïs, c'était différent. Elle était bourrée de préjugés masculins à propos des femmes. Par chance, ils n'avaient pas eu de filles, elle les aurait rabougries !... « Même tes fils ne pensent pas comme toi », reprenait Jaïs. « Les femmes, on ne peut pas tout leur confier, leur donner la même liberté, c'est dangereux !... » Toutes ces idées se transformaient lentement. Trop peu de femmes, encore recroquevillées sous leurs peurs, leurs habitudes ancestrales, s'en sortaient. Leurs yeux restaient encore fixés à terre. Comment pouvait-on partager avec la plupart une vie, ou même un regard ? Simm songeait à sa mère, songeait à Aga. S'en tirerait-elle, Aga ? La misère n'aide pas. Elle bâillonne, entortille dans la même histoire. On se rabâche avec la pauvreté. Il faut faire vite, foncer dans les cloisons, gagner ces vies perdues, ces vies qui chaque jour se perdent. « Eh, grand-père, où l'as-tu dénichée, ta putain de langue ? » grondait l'instituteur en présence des notables. Puis, prenant Simm de côté : « Ça changera, tu peux me croire. Ce n'est pas d'une souris que la montagne accouchera, mais d'une fourmilière. On lui bouffera ses mauvaises racines, on n'en gardera que les vivantes ! »

— Tu n'as besoin de rien, Jeph ? Est-ce que tu as suffisamment à boire ?

— Tout va bien maintenant. Je me suis reposé.

— Parle-moi... Parle-moi de toi. Est-ce que tu as une femme, Jeph ?

— Non.

Cette question !... Il ne doute de rien. Chacun connaît à peine la langue de l'autre. Quant à nos univers, autant comparer le fer à l'eau !... « Le fer à l'eau !... » Voilà que je parle comme lui à présent !... Une femme, quelle femme ? Dévorante la femme, quelle qu'elle soit. Il faut s'en servir, et c'est tout. Leurs visages, leurs corps, des explosions dans la mémoire...

— Parle-moi de celle que tu as le plus aimée...

— Je suis toujours resté libre, Ben. Toujours.

— Libre ?

— Oui, j'ai dit : libre.

— Comment être libre sans aimer ?...

Celle que j'ai le plus aimée !... Qu'est-ce qu'il peut y comprendre ! Et moi, qu'est-ce que j'en sais !... Il faudrait des jours, des semaines, des années pour se déchiffrer... et encore. Trop simple pour me comprendre, ce Ben ! Tout d'un bloc... tout en sentiments, comme ils le sont souvent dans ces pays... Pour en revenir aux femmes, ce n'est pas dans ces contrées qu'elles l'ont trouvé, leur paradis !... Comment communiquer ? Ben, tout d'un jet. Moi, nous, avec nos mots à degrés, à double, à triple sens... traînant, ou croyant traîner des univers avec nous, sachant trop, ou bien pas assez ?... L'œil trop ouvert pour aimer... ou était-ce une sorte d'impuissance ?... Mora, l'as-tu aimée... Mora comme un dimanche dans ta semaine. Mora, ingouvernable. D'une tendresse confondante aussi ; avec, parfois, ses mots à fendre les écrans... Ingouvernable. Ayant son quant-à-soi... Ce n'est pas tout à fait comme

110

*cela qu'on les souhaiterait. On a beau être de son épo-
que !... Qu'est-ce qu'elle pense à présent ? S'est-elle rési-
gnée à ma mort ? Je voudrais revenir, réapparaître, un
soir, sans qu'elle s'y attende. Comment me recevra-
t-elle ?... Mora à éclipses. Fascinante, irritante, posant
trop de problèmes. Je préférais, souvent, les jambes fuse-
lées des longues filles placides, leur épine dorsale comme
une tige sous les doigts...*

— Dis, Ben !... Comment fais-tu pour être libre ?
— Ma mère racontait qu'un homme riche, estimé,
entra un soir dans sa maison avec une hache. Et pan !
Vlan, vlan, vlan ! Il casse et brise tout : tables, chaises,
lits, armoires, glaces, vaisselle... Les voisins, la famille
tentent de le calmer, de le raisonner : « Tu as construit
cette maison avec ta sueur, ton argent... on l'admire, on
la montre du doigt. Tu es "quelqu'un" à cause d'elle...
On respecte ton nom ! » Et vlan, vlan, vlan !... pour toute
réponse. Il ne veut plus de nom, il ne veut plus être
« quelqu'un ». Il fracasse tout : le buffet, le coffre,
déchire billets et rideaux, fend les murs, éventre les portes. Enfin, quand il ne reste plus rien, il sort... Il sort
comme un dieu d'entre ses ruines. Un sourire... un vrai
soleil au milieu de sa figure !
— Tu es heureux, Ben ?
— Cent fois par jour je meurs et je renais...

La nuit tomba, drue.
Les secouristes venaient de buter sur un nouvel obs-
tacle
— Il est farci de roches, ce terrain !
Simm entendit leurs jurons ; puis le chef de chantier
leur donner l'ordre d'arrêter. La veille, celui-ci avait
réclamé un nouvel appareillage qu'on avait dû comman-
der à l'étranger, et qui ne devait plus tarder à arriver.
Il décida, en attendant, d'interrompre la fouille
— Qu'est-ce que vous faites ?
— On arrête jusqu'à demain, Simm.
— Pourquoi ?

— Tu ne vois pas l'obscurité qu'il fait ?

— Qu'est-ce que je dois lui dire ?

— C'est ton affaire, débrouille-toi, grand-père !

★

— Hôoooooo !... C'est la nuit, veux-tu qu'on dorme à présent ?

— Tu m'as dit que je serai dehors demain ?

— Oui, demain.

— Je préfère veiller si c'est la dernière nuit.

— Prends des forces, Jeph. Le retour ne sera pas facile...

— Depuis que je suis ici, Ben, avec la mort dans le dos, depuis que tu me parles, c'est étrange comme la vie est devenue... comment t'expliquer ?... Avant, je n'aurais jamais osé dire : « J'aime la vie... » Maintenant, je le dis. Je le crie au fond de moi.

— Vivre, c'est cela, Jeph ! Ce n'est presque rien d'autre que cela...

Tu collais aux parois du présent, peur d'être en retard sur ce qui se passe. Tu ne sais plus choisir. Tu veux. Tu veux tout. Toujours plus. Même les choses s'affolent d'être tellement appelées. Ces caillots de voitures dans nos villes. Ces objets, rapaces, bouchant l'horizon. La matière que l'on traite en nouveau riche, qu'on triture, amalgame, émiette, juxtapose, sans chercher ce qui l'articule, ce qui la lie. Ce qui t'articule, ce qui te lie. Tu veux, tout, trop, embrasser, prendre. Ah ! ouvrir les mains, les ouvrir !... Ce qu'on aime ne se possède pas. L'avenir ne se possède pas, il se détache, plus loin, plus libre. Garder, garder, le souffle, l'écho, à travers tout, cette chaleur... Des mégalopoles dévoreront nos rives. Nous serons six milliards et demi d'habitants en l'an 2000, le double d'à présent. Garder, garder cela, la voix de l'autre, la vague, la pulsion... Trente-cinq penseurs, professionnels du futur, sont réunis à Tappan Zee, c'est le « Think Tank », réservoir à réflexion. Qu'ils n'oublient pas ce qui nous fait vivre, et dont le nom est sans doute très simple. Qu'ils n'oublient pas cet instant, ce noyau, cette seconde où nous sommes là, vraiment là, entre mort et vie. Qu'ils n'oublient pas d'éveiller en l'homme-caméléon ce qui nous rejoint, apaise, accorde. Panoplie nucléaire, merveilles électroniques, effaceurs de mémoire qui supprimeront les souvenirs douloureux, moyenne de vie 90 ans, hibernation, surordinateur réglant notre existence, collectivités dévorant l'individu, contrôle, surveillance, téléphonie, matériaux résistant à toutes températures, transports à propulsion, cargos submersibles, navires-containers, fusées transocéaniques, médicaments contrôlant nos humeurs, nos tendances politiques, métaphysiques, détermination du sexe des enfants, synthèse des aliments, pigmentation des Blancs, dépigmentation des Noirs, décèlement des intentions criminelles par la seule voix, entente des supergrands, guerres limitées, bâclées, laissées aux sous-développés... Maelström !... Où, comment, tenir debout ? Corps encore étranger à cette tornade, nous restons cramponnés au radeau d'hier. Se chercher d'abord un regard, un regard !... Ces jours-ci, je n'ai pas eu besoin de mes yeux, Ben me prêtait les siens.

— Eh, Ben !... Tu es réveillé.

— Je compte les étoiles, Jeph. Il y en a une au-dessus de ta cachette.

— Ben, j'ai parfois envie de vivre sous ton ciel. D'abandonner l'autre monde, avec toutes ses machines.

— Tu ne sais pas ce que tu dis, Jeph ! Essaye de vivre sans eau, à quinze sous une tente. Essaye de vivre avec la faim au ventre. Essaye l'humiliation... J'ai vécu cela. On y est mal, très mal. Il n'y a pas de démons dans la machine. Les machines délivrent. J'en ai vu qui creusaient pour découvrir une source, d'autres qui montaient en quelques jours des panneaux de maison, celles qui lient la terre, qui brisent les distances. Si nous nous parlons, Jeph, c'est parce que la terre est une, aujourd'hui. De plus en plus. Tu sais, l'ignorance est une défaite aussi.

— Notre défaite, Ben, sais-tu où elle est ?

113

— Peut-être, d'aimer les choses plus que le chemin ?...

— C'est quoi le chemin ?

— Où l'on marche, où l'on avance, où l'on va...

— Tu crois vraiment qu'on avance ? Avec ce qui se passe partout ? Avec la mort, toujours au bout ?

— Notre œil est trop petit, Jeph... Si nous possédions un œil géant qui regarderait au-dessus du monde, au-dessus du passé, au-dessus de l'avenir : nous verrions l'ombre d'une échelle sur laquelle les hommes glissent, recommencent, reculent, escaladent, escaladent, tout au long du temps...

— Au bout de l'échelle, qu'est-ce qu'il y aurait ?... Dieu ?

— Si Dieu existe, il devrait prendre conseil de tous les vivants... De tous !

— Je t'entends rire, Ben. Tu ris souvent !... À quoi ressembles-tu ? J'aimerais bien voir ta figure...

— À quoi je ressemble !...

— Tu ris encore !... Réponds-moi. À quoi ressembles-tu ? Après, je te parlerai de moi.

— Ne me parle pas de toi, je te connais. Je te vois comme si tu étais encore là, à ta fenêtre.

À ma fenêtre ? Qu'est-ce qu'il veut dire ?... J'ai trop parlé, trop de choses me tournent dans la tête ; je suis à bout de forces... Je ne peux plus bouger dans ce réduit percé de tuyaux. Pas de couleurs. Mes mains d'anthracite. Ces murs blindés. Cette peur qui me reprend. Je m'en vais en morceaux...

— Hôoooooo ! Jeph, tu ne réponds plus ?

Plus rien n'a de relief. Les mots sont gris. Je ne veux plus, plus rien dire. Ils me mentent là-haut. Ils mentent. Ben ment ! Je ne serai jamais dehors. Il m'aide à mourir, c'est tout. Des tombereaux de sable au-dessus de cette crevasse, des pierres meulières, d'énormes épaves... Le

114

couvercle s'est rabattu. À quoi sert de manger, boire, res-pirer, puisque tout doit finir ?

— Hôoooooo ! Jeph, tu ne veux plus répondre ? Tu veux dormir ?... Tu as raison, repose-toi... Encore une nuit, et demain...

— Tu mens !... J'en ai assez de tes « demains » !

— Jeph !... Jeph !... Ne te laisse pas noyer !

— Fiche-moi la paix, Ben !... Je ne t'écoute plus !

— Demain, je te parlerai... Maintenant, ne pense plus à rien, repose-toi... Repose-toi.

8

Descente vers la mer

Simm attendit l'aube pour se remettre à appeler.

D'en bas ne vint aucune réponse. Jeph se retranchait-il ? Ou bien ne s'était-il pas encore réveillé ?

La chaleur était accablante ; la nuit n'avait débouché sur aucune fraîcheur. Le vieil homme avait mal dormi, il s'en ressentait. On avait beau faire, l'âge vous cernait par moments.

Depuis une heure ou deux, les travaux avaient repris. Un groupe de secouristes, éclairés par une lampe à acétylène, ouvrait à la pelle une troisième tranchée.

La veille, Jeph, à plusieurs reprises, avait manifesté de l'impatience, de la lassitude, et même de l'hostilité. Simm l'imagina, collé contre la paroi, replié comme un fœtus. Cette pensée le dévora jusqu'à l'os, le sentiment de son impuissance l'accabla. Toutes ces heures lui paraissaient à présent inutiles, chaque morceau du paysage était criblé de mort. Les jambes, les bras de Simm s'ankylosaient, il se sentit incapable de retrouver parole, de porter le moindre secours.

Le vieil homme crispa tous ses muscles, déploya un effort considérable pour s'arracher à la terre et se remettre debout.

Enfin debout, il pensa à la mer.

★

Simm chausse en vitesse ses bottines qu'il a ôtées pour dormir. Il laisse sur le sol sa veste, roulée en boule,

116

qui lui a servi d'oreiller, et se met en marche, quittant le terre-plein.

D'un pas décidé, il se dirige vers le sentier qui pique vers le rivage. En moins d'une heure, il débouchera sur une petite anse, presque toujours déserte, qu'il connaît bien.

— Eh, grand-père, où files-tu ?

Du doigt, Simm montre l'horizon.

— Tu nous quittes ?

— Je vais jusqu'à la mer.

— Jusqu'à la mer ?... Pourquoi ?

— Je veux entrer dans l'eau.

— Tu abandonnes ?

Le vieil homme n'a pas envie de discuter, d'expliquer ; il hoche simplement la tête.

— Tu n'abandonnes pas ?

Simm continue d'avancer.

— On te comprend, va !... Tu en as eu assez. Tu n'y crois plus, à sa sortie !... C'est trop long, on ne l'atteindra jamais. Ou bien, quand on le rejoindra, ce sera trop tard !... Il aurait mieux valu que tu ne l'aies pas retrouvé... Ce matin, on ne t'a pas vu lui parler. C'est peut-être qu'il est mort déjà ?... C'est à cause de cela que tu t'en vas ? Réponds, Simm !... Tu sais qu'il est mort, et tu pars ?

Simm a rebroussé chemin et en quelques secondes les a rejoints

— Vous n'avez pas fini de me houspiller comme des guêpes ?... Vous ne pouvez pas laisser un homme à sa paix ?... Qu'est-ce que vous avez à la place des paupières, du crépi ? Ouvrez-les, vos yeux !... Par terre, vous verrez ma veste ! Est-ce que je l'aurais laissée là si je ne comptais pas revenir ?... Je veux me rafraîchir, me laver ! Je ne me suis pas débarbouillé depuis des jours. Je veux avoir une tête propre pour quand il sortira !

Le vieil homme leur tourna le dos, reprit sa marche en bougonnant.

Peu avant d'atteindre le sentier, il s'arrêta, se retourna. Ils étaient toujours là, en groupe, le regardant s'éloigner.

Du plus fort qu'il pouvait, il cria dans leur direction
— Si je descends vers la mer, c'est que je suis tranquille ! Tranquille, vous m'entendez ?... Tranquille !... Il
est aussi vivant que vous et moi !

★

La pente entraîne vers l'eau, vers plus loin. Les pas
devancent, tirent hors de soi-même. Il n'y a plus qu'à
les suivre. L'univers se décharge de son fardeau,
s'entrouvre comme un fruit éclaté.
La mer...
Présente-absente. Jouant à disparaître, à reparaître
entre arbres, buissons, rochers. Son odeur et celle des
pins s'entremêlent, s'accentuent. La mer, la voilà, sous
sa carapace d'émail ; sous sa peau souple saupoudrée
d'étain. Rétive. Apprivoisée. Faite pour le creux des paumes, ou bien violente, acharnée. Métamorphose des
métamorphoses. La mer...
La bourgade s'annule au fond de la mémoire. Jeph se
dissipe... Puis, resurgit avec la force d'un coup de poing.
Alors soudain Simm hésite, interrompt sa course, se
sent tiré en arrière, songe à revenir...
Le sentier s'effile, louvoie au bord de la falaise,
s'embrouille parmi les genêts, s'évase d'un coup,
devient crique, devient plage.
La plage...

Simm ôte ses bottines, enfonce jusqu'aux chevilles
dans le sable moelleux ; plus bas, imprime la marque
de ses pieds dans le sable humide, se surprend à courir ;
court. Se déshabille tandis qu'il court, jetant, éparpillant
autour de lui ses vêtements à toute volée.
Simm entre dans la mer...

L'eau monte jusqu'à sa taille. Le vieil homme asperge
son buste nu avec de larges brassées, arrose son rude
visage, hume l'air marin. La peau respire. Les touffes
de poils sous ses aisselles frémissent comme des oursins.

118

Couché sur le dos, les bras en croix, Simm se laisse porter par la vague. Ses muscles se détendent. La masse du corps, bercée, est plus légère qu'une paillette, qu'une plume de grive !

Le vieillard ferme les yeux, goûte au sel de la mer. L'angoisse se dénoue. Dedans-dehors, partout : c'est un univers de bruissements, de silences, de calme et d'ondes...

Tout à l'heure, il le dira à Jeph. Il lui communiquera tout cela : la terre et ses tendresses, la mer qui n'en finit pas... Malgré le peu de mots à sa disposition, il faudra que Simm dise : le sel, l'air, l'arbre, le vent, le bleu, l'eau qui porte. Malgré le peu de mots, malgré l'épaisseur qui les sépare ; il faudra qu'il trouve comment traduire tout cela. Le goût des choses, de l'instant... Il faudra qu'il parle, qu'il parle encore, jusqu'à la trouée béante, jusqu'à ce que l'emmuré surgisse, et tienne de nouveau debout sur ses deux jambes. Il faudra, à neuf, lavé, débarrassé d'écorces, faire naître en mots, sur la langue : ce sel, cette vie, ce partout...

— Je saurai tout dire. Je saurai à présent. Je saurai !

9

Le silence

De retour, pénétrant dans la bourgade détruite, Simm fut pris d'une irrésistible envie de s'enfuir. La vue de cette terre ravagée l'empoigna. Que faisait-il, ici, depuis des jours ? Il se rêva, loin. Assis sur sa terrasse, contemplant son verger...

Débouchant ensuite sur le terre-plein, il vit un attroupement autour de l'orifice. Il semblait que les sauveteurs avaient abandonné leurs différents travaux, pour se rassembler autour du réduit.

Le vieil homme pressa le pas.

Au bord de la caverne, l'agitation était à son comble. Un peu à l'écart, un manœuvre, le torse nu, aidé des deux infirmiers, actionnait énergiquement la pompe à oxygène.

— Qu'est-ce qui arrive ?

— C'est perdu !

— Comment perdu ?

Simm se frayait passage, bousculant ceux qui tentaient de le repousser.

— On te dit que c'est trop tard !

— Lâchez-moi !

— C'est fini ! Mais comprends donc, c'est fini !

— Tu ne pourras plus rien !

— Laissez-moi approcher !

Il les força à reculer, se jeta sur le sol. Puis, étendu, il demanda qu'on lui relate en quelques mots ce qui avait eu lieu.

C'est ce qu'ils firent, lui expliquant qu'une paroi

s'était effondrée et qu'un flot de débris avait sans doute bouché le réduit.

— Ça s'est passé peu après ton départ...

L'homme avait toussé, haleté, comme s'il avait été pris à la gorge. Ils s'étaient tous démenés, essayant de dégager l'ouverture. Puis, ils l'avaient entendu suffoquer. Enfin, ce furent des râles. Et finalement, plus rien... Ils avaient appelé, appelé, un à un. Chacun hurlant à son tour dans le microphone... Rien. Même pas un souffle. Rien.

★

— Jeph, c'est moi, Ben !... J'étais allé jusqu'à la mer, et me voici revenu...

— Tu parles dans le vide, tu sais bien qu'il ne peut plus te répondre !

— C'est Ben qui te parle, Jeph... Je suis là. Est-ce que tu m'entends ?

— Tu peux aligner des mots jusqu'à la fin des âges, on te dit qu'il n'est plus là !

Le bonheur de l'eau, du sel, de l'espace, l'odeur des pins, Simm ne trouvait plus les mots pour les dire. Sa langue était sèche. Il répétait

— Je suis là... Je suis revenu...

Cette longue marche n'avait donc servi à rien ; ni cette descente, ni cette remontée, ni cette vigueur qui semblait s'être emparée de Simm. C'était plutôt le contraire, l'éloignement avait été fatal. Jeph s'était senti abandonné, Jeph avait cédé au vertige... Le vieil homme prit sa tête entre ses mains, cherchant à retrouver le bienfait de l'eau, de la marche, cherchant des mots justes, familiers, efficaces

— Jeph, j'ai vu la mer !... J'ai vu le sable sous un grand soleil, l'eau, l'horizon qui mène vers chez toi... J'ai vu pour toi, Jeph. Avec toi. J'ai marché comme tu marcheras. Je me suis baigné. J'ai flotté longtemps...

Lentement un mot raccroche un autre ; les paroles des deux langues s'entrecroisent, s'emmêlent

— Mes yeux voient, Jeph. Tes yeux verront. On dit un mot après l'autre et quelque chose arrive. On fait un geste après l'autre et quelque chose change. Essaye, bouge, l'un après l'autre, tes doigts. Parle. Dis n'importe quoi, dans ta langue, dans la mienne... Reviens. Essaye de revenir, Jeph... Prononce : bonjour. Prononce : pain. Dis : rivière. Dis : oiseau. Dis : midi. Pense aux fontaines, Jeph. Pense aux yeux. Les yeux de ceux que tu aimes. Pense à ceux qui t'espèrent. Pense à moi qui t'attends. Reviens. Regarde devant toi, Jeph...

La plupart des hommes s'étaient écartés, attendant que le vieux se lasse. Penché au-dessus de lui, l'interprète lui parla bas

— Ça n'a pas de sens commun, tout ce que tu racontes là !

Simm fit la sourde oreille

– Rappelle-toi, Jeph, ce qu'est un matin !... Vois des enfants courir... Sens une femme dans tes bras... Rappelle-toi comment c'est, quand tu ouvres la porte de ta maison et que tu entres... quand tu marches vite dans la foule... quand tu t'arrêtes pour regarder un arbre, un visage, une rue... Rappelle-toi...

— Tu délires, grand-père !

— Lève-toi, Jeph, la vie t'attend. Les oiseaux, les villes, les femmes, l'avenir. Reviens !...

— Parle plus clairement, Simm. S'il reste une chance qu'il soit encore en vie, comment veux-tu qu'il comprenne quelque chose à ton charabia... Tu sautes d'une langue à une autre, tu piques un mot d'ici, un mot de là... Moi qui suis interprète, j'arrive à peine à te suivre !

— Laisse... Lui et moi, on se comprend !

— Assez, Simm ! Tu vois bien que c'est inutile. Les autres s'impatientent, ils veulent s'en aller. Pense un peu à eux !... Les voilà ! Ils avancent vers nous portant leurs pioches et leurs pelles. Le chef du chantier marche au milieu d'eux. Ils ont l'air décidé. Regarde...

On expliqua au vieillard que son assurance était vaine. Il n'y avait pas de doute possible : l'homme avait succombé. Autrement, le stéthoscope, toujours enfoncé dans le réduit, aurait permis de déceler son souffle. Cet appareillage, ces sauveteurs, immobilisés sur place, coûtaient non seulement des sommes importantes, mais privaient les réfugiés de l'aide dont ils avaient un urgent besoin. L'homme d'en bas avait eu un sursis, sans plus. C'était tragique, mais qu'y pouvait-on ? En dépit de toutes les bonnes volontés, nul n'avait pu l'atteindre ; au moins tout avait été mis en œuvre pour le sauvetage, et l'on pouvait se retirer la conscience en paix. Le réduit, il est vrai, avait une forme diabolique : une sorte de tuyau coudé, coincé entre des poutres, de la ferraille, des plaques de ciment, et tous les interstices étaient bourrés de gravats et de sable, qui retombaient vers l'intérieur au moindre choc. Dedans, l'air devait être complètement vicié, malgré l'apport de la pompe à oxygène.

— En conclusion et en tout état de cause, il n'est plus question de tergiverser et d'attendre.

Bien qu'une décision de cette sorte soit douloureuse à prendre, il incombait – après consultation avec les infirmiers, les techniciens – de s'y tenir.

— Tu comprends ce que dit le chef, Simm ? Tu écoutes ?

Il ne restait plus à présent qu'à foncer à coups de pioches et de pelles pour dégager le cadavre. C'était une consolation, un soulagement de penser que l'homme avait refusé de donner son nom, évitant ainsi aux siens de faux espoirs...

— Maintenant, retire-toi, grand-père. Tu as bien entendu tout ce qu'on vient de dire ?

Simm s'affala sur le trou, le recouvrant de toute la largeur de sa poitrine.

— Pas encore !

Les manœuvres l'encerclaient sans oser le toucher. La voix du chef se fit sévère.

S'étonnant de sa propre audace, sans relever la tête, Simm réclama une heure de plus.

— Une heure, une seule ! Après, je m'en irai.

123

À la stupéfaction générale, le chef céda. Entouré de toute son équipe, il repartit assez loin. Puis, les hommes se dispersèrent parmi les ruines.

Seul l'interprète était resté

— Une heure ça veut dire *une heure*, Simm ! Tu as bien compris ? Ne t'avise pas de la traduire dans notre langue !

— J'ai compris.

— Je suis là auprès de toi avec ma montre. De temps en temps, je te ferai signe pour te dire combien de minutes il te reste... Ça te va ?

— Ça me va.

10
Les larmes

Un matin comme les autres, au village. Le coq de cha-
que jour chante. Toute la nuit, Bic n'a pas cessé d'aboyer.
Dans le verger, le poirier attend sa greffe. Simm s'en occu-
pera sitôt levé.

La veille, au Café de la place, la boîte à images a tout
déversé en vrac : cataclysmes, répressions, tueries, guer-
res, tornades. N'y a-t-il rien d'autre à attendre de la terre
et des hommes ? La pitié bouleverse un instant. L'indi-
gnation, un instant, monte aux lèvres. Puis, tout se dis-
sipe comme ces reflets derrière l'écran...

Cette bourgade engloutie... tous ces vivants, disparus
sous les yeux de Simm, aspirés dans l'immense entonnoir. Jeph s'est lassé d'écouter. Jeph s'est lassé de
vivre...

Au fond de ses draps, Simm tremble. Le coq s'obstine.
Jaïs, debout avant l'aube, prépare le café dans la pièce
adjacente. L'odeur se répand. Simm sort du lit, mais les
frissons le reprennent ; il doit se recoucher, se couvrir.
L'hiver est pourtant loin...

Qui est Jeph ? Est-il mort vraiment ? Cette voix, cette
présence... plus rien ? Plus qu'une chose, une pierre gla-

cée, une masse dure, cartonneuse ?... Qui est Simm ?
Un tas de chair, assemblé, noué, par on ne sait quoi...

Jaïs entre avec la cafetière brûlante, elle s'assoit, sirote
lentement. Simm se lève, met pied à terre, cherche ses
savates qui ont glissé sous le lit.
— *Elles sont là, Simm, sous ton nez !... Ça fait un*
quart d'heure que tu tournes en rond. Ton café sera imbu-
vable !

— Un quart d'heure de passé, grand-père ! Souviens-
toi : le chef a une montre ! Depuis un moment, tu
n'essaies même plus d'appeler dans la crevasse.
Qu'est-ce qui t'arrive ?
— Je ne sais pas. Mes pensées s'écartent...
Elles s'éparpillent, se décomposent, s'enfoncent dans
une sorte de fouillis...
— Je ne sais pas ce qui m'arrive. Je ne sais plus...
— Tes mains tremblent. Tu grelottes. Tu n'es pas
malade, au moins ?
— Non, je ne suis pas malade...
Tandis que Simm répond, une grimace s'empare de
sa bouche, la déforme, se répand sur ses traits. Les
tremblements redoublent. Les yeux hagards, Simm fixe
l'interprète comme pour le supplier de s'éloigner. Le
vieil homme ne peut plus rien sur lui-même ; la fatigue,
la peine le submergent. Il assiste, impuissant, à sa propre débâcle. Ses prunelles s'aveuglent. Les sanglots
l'assaillent.
Ahuri, gêné, l'interprète a tout juste le temps de
détourner son regard ; tandis que Simm, honteux de se
donner en spectacle, se débat inutilement.
D'un pas tranquille, comme s'il ne s'était aperçu de
rien et qu'il décidait soudain d'aller faire un tour,
l'interprète s'éloigne. À quelques mètres de l'orifice, il
s'attarde au-dessus d'un monceau de décombres, déni-
che dans ce bric-à-brac un pied de fauteuil, puis un

tableau, paraît se perdre dans sa contemplation, tout en gardant fixé sur le vieillard un œil vigilant.

★

Le corps regorge-t-il de tant de larmes ? Énormes, boursouflées, celles-ci rompent les digues, bouillonnent au fond des ravins, grossissent, butent, chevauchent, montent à l'assaut...

Simm enfonce sa tête dans ses épaules, plaque contre la terre sa face pour la cacher, touche sans s'en apercevoir le micro des lèvres.

Un chagrin immense, confus, cogne entre ses tempes ; tout le chagrin du monde s'acharne à coups de marteau.

— Stupide vieillard, tu me fais honte ! Quand est-ce que tu vas t'arrêter ?...

Il ne s'entend plus. Les pleurs redoublent, crèvent la surface. Simm n'est plus qu'un magma informe.

Peu à peu, il s'abandonne à ces larmes ; se laisse porter comme une particule d'ombre ; se laisse flotter comme un fétu de paille, sur des fleuves sans couleur qui s'échelonnent...

Peu à peu, la brûlure se cicatrise, s'efface...

Peu à peu...

★

Toujours aux aguets, l'interprète laisse l'accalmie s'installer.

Puis, du même pas paisible, il revient vers Simm, balançant le tableau au bout de son bras

— Plus que dix minutes, grand-père !

11
Le grand battement

Tandis que Simm reposait encore, le front contre terre, lentement, sûrement, du fin fond du silence... s'éleva le *battement*.

Ce battement qui escorte, assiste, le périple du sang : quatre-vingts, soixante-quinze, soixante-dix, soixante fois par minute
— pom-POM... pom-POM... pom-POM...
Assidu, reconnaissable entre tous, métronome, cadence unique et partagée, plus tenace que le temps, plus ferme que murailles
— pom-POM... pom-POM... pom-POM...
ce battement !...
Stupéfait, Simm se penche sur l'écouteur. La pulsation est là. Proche, palpable. Plus besoin de mots !
— pom-POM... pom-POM... pom-POM...
« Bienvenue la vie, bienvenue !... » Simm se parle tout bas. Plus besoin de cris !...
Le vieil homme se rassoit, « Bienvenue, bienvenue », ferme les paupières, balance le torse d'avant en arrière. Hier, aujourd'hui, demain, se rejoignent... Le grand fleuve coule, traverse, irrigue
— pom-POM... pom-POM... pom-POM...

★

128

— Tu en fais une tête, Simm !... Qu'est-ce que tu as ? Tu entends des esprits ?

— pom-POM... pom-POM... pom-POM...

— Arrête de te balancer, grand-père ! La fatigue, le chagrin t'égarent. Ce n'est qu'un mort de plus, après des milliers d'autres !... Il est temps que tu rentres chez toi... L'heure est passée. Voilà les autres qui approchent ; il va falloir que tu leur cèdes la place à présent.

Simm lève le bras, secoue l'appareil

— Qu'est-ce que tu veux que j'écoute ? Tu vas me rendre ridicule !... Bien. Mais après ça, tu te lèves et tu quittes les lieux !

L'interprète se penche, tend l'oreille

— pom-POM... pom-POM... pom-POM...

En rangs serrés, provocants – brandissant leurs pelles et leurs pioches – les secouristes avancent, pressés d'en finir. Ils paraissent se demander ce que font, face à face, immobiles, le vieillard et son compagnon

— On t'a donné plus d'une heure !

— Rentre chez toi, le vieux !

— C'est à nous, maintenant !

Ni Simm, ni l'interprète, ne bronchent ; on dirait des mottes de sel.

Les sauveteurs les encerclent. Déterrer ce mort est un travail pénible dont il faut se débarrasser au plus tôt. La voix du chef de chantier

— Il faut nous céder la place tout de suite.

L'interprète lui tend l'écouteur.

— Pour quoi faire ?

L'interprète insiste. Le chef écoute. Le battement s'élève, déchiffrable, transparent

— pom-POM... pom-POM... pom-POM...

Les autres se resserrent tout autour ; leurs têtes se rassemblent

— pom-POM... pom-POM... pom-POM...

Le rythme est clair, net. On dirait que l'homme d'en

129

bas a plaqué l'autre extrémité du stéthoscope sur sa peau, contre le muscle même

— pom-POM... pom-POM... pom-POM...

Le grand battement atteint, touche chacun et le pénètre. Puis s'enfle, déborde, emplit le silence, envahit le terre-plein

— pom-POM... pom-POM...

POM-POM... POM-POM...

POM-POM

POM-POM...

Munis d'un éclairage autonome, les sauveteurs poursuivirent leurs travaux jusqu'en pleine nuit.

Pas une plainte, pas un soupir. Ils s'escrimaient, soudain infatigables, comme si chaque homme se tirait lui-même hors du gouffre. La tâche était rude ; mais au bout de quelques heures, l'orifice s'était déjà considérablement élargi. Il semblait que l'on envisageât à présent d'atteindre l'emmuré par le haut. Puis, de l'extraire comme du fond d'un puits à l'aide d'une planchette fixée au bout d'une corde que l'on remonterait grâce à une poulie.

Aux environs de minuit, les progrès étaient tels que le chef annonça la sortie de l'homme pour le lendemain.

Vers deux heures du matin, il leur recommanda de prendre un peu de repos avant d'entreprendre la dernière partie de l'opération.

12
Le chant

Techniciens, manœuvres, infirmiers, interprète, tous s'étaient retirés, soit dans la baraque, soit dans le camion, pour dormir.

Le vieil homme patienta un moment, s'assura qu'ils ne reviendraient pas de sitôt ; puis, s'étendit une dernière fois le long de la brèche.

Jamais la terre ne lui avait paru plus douce. Simm la caressa de sa paume et du revers de sa main. Sous sa lourde robe, la nuit, mate, duveteuse, avait tout englouti : ruines, camion, baraque, foreuse, wagonnettes, grues. La lune, à son extrémité, n'éclairait plus qu'elle-même. Ce soir, on traverse l'ombre comme un vallon. Ce soir, la nuit bénit le paysage, la vieillesse est légère, plus légère qu'une plume de geai. Ce soir, les pierres fondent, la chair est heureuse ; on est neuf comme le ventre d'un enfant

— Je suis bien, bien, bien, bien...

Le microphone est tout proche, le battement a cessé de se faire entendre, mais dorénavant l'objet est autre chose qu'un objet... on dirait qu'il perce l'obscurité, qu'il respire ! Simm résiste à la tentation de le saisir entre ses doigts, de se remettre à parler... Après ce battement, quel mot ferait le poids ?

— Je suis bien, bien, bien, bien, bien, bien, bien...

L'univers remue dans ses flancs, Simm est une vaste demeure... Simm frotte sa joue contre le sol, entend la montée des sèves, la graine qui s'émeut au loin, donne de toute sa bouche un baiser à la terre.

Tout est très simple... mais indicible. Les mots ne feront jamais, jamais le poids !

★

Alors... les jambes, la cuisse, la hanche, prenant appui sur le terrain ; le buste légèrement relevé, se dressant sur son coude, penchant la tête de côté – la soutenant de sa main droite qui forme une conque autour de l'oreille – amassant sa voix...

Simm entonne
— Nuit !... Ô ma nuit !...

Le chant s'élève.
— Nuit !... Ô nuit !...

Simm s'empare du mot – de ce seul mot – le creuse, l'étire sans le violenter, l'entrouvre, le déploie, s'y déploie, l'éloigne pour le rappeler, le bleuit, le chauffe, l'emprisonne et s'y laisse enfermer, le rejette pour mieux l'étreindre
— Nuit !... Nuit, ô nuit !...

Nuit jusqu'aux confins, nuit sans lieux, sphère lisse, tresses phénoménales
— Nuit !... Ô toi, la nuit !...

Le chant s'évase, s'affine, oscille au bord des gouffres, voyage, perd mesure. Et soudain, touche la fleur
— Nuit !... Nuit des nuits !...

Une. Une seule parole contient toutes paroles. La vie s'y déverse. La vie est dans chaque grain, dans chaque mot... Si seulement, chaque fois, on le savait ; si seulement chaque fois on le voulait. « NUIT ». Simm est tout à la nuit. Simm est au monde. Simm est à sa voix. Il s'enchante de ce passage du chant dans sa gorge, du tiraillement des cordes vocales, de leurs accents au loin. S'enchante du mot qui part, se dilapide, s'offre, impudique, à l'aventure. Puis, du même mot qui revient, s'aiguise, se serre autour de la brèche, se comprime, pénètre dans la nuit douloureuse
— Nuit plus que nuits !...

Nuit dans les chambres solitaires, nuit sur les villes mutilées, nuit sur les lames, l'acier, les bielles, nuit qui coulisse dans les essieux, qui s'engrène dans les engins de mort, lanière pour les mains liées, gueule pour les massacres

— Nuit plus nuit que les nuits !

Nuit sur les tentes déchirées, nuit de la furie en nous, nuit de tertre en tertre. La voix de Simm s'épuise à ces ombres... et soudain, s'en arrache, troue les murailles, renaît

— Nuit, d'entre les nuits !... NUIT !...

Nuit dans la main des hommes, nuit qui tremble de beauté, nuit de notre plus tendre visage, nuit pour s'adosser, nuit pour viatique, nuit à front de jour, à bouche de lumière

— NUIT !... Ô, ô, ô, nuit !...

★

— Silence, le vieux !

— Assez, le vieux !

— Nous sommes morts de fatigue !

— Laisse-nous dormir !

Pourtant, au même instant, d'autres voix reprennent

— Chante, Simm !

— Chante encore !

— On t'écoute !... Chante !

Quelques secondes, indécise, la voix bascule, puis reprend

— Nuit, Nuit, NU-IT !... NUUUUUU-IT !... Nu-IT !... Oôooooo Nuit d'entre les NUITS !...

L'interprète accompagné de trois manœuvres, approchent sur la pointe des pieds, et s'accroupissent autour du vieillard.

Des protestations montent encore

— Maudit vieillard !

— Il ne nous laissera jamais en paix !

— Jusqu'au bout, il nous poursuivra. Jusqu'au bout !

— Eh, bon Dieu !... Vieil Adam, tu ne vas pas te taire !

Mais les autres

133

— Ne les écoute pas, Simm !... Chante ! Continue de chanter !

— Chante pour nous, Simm !... Chante !

— NUIT, O, ô, ô, ô, nuit !... nUit, Ooo, Ooo !...

Le chant file, caresse la masse des collines, s'enfièvre, dévale jusqu'à la mer...

La porte de la baraque s'ouvre, la bâche du camion se soulève

— Nuit par-dessous les nuits !... NUITS par-delà la nuit !...

Un second, un troisième groupe approche. Ils viennent, en file, plus légers que des ombres, rejoignent les premiers, s'assoient en rond, autour de l'orifice.

— NUIT !   ¡ TIUN

Le mot se livre, se délivre, s'ensoleille, se répand, se renverse, se rétablit

— NUIT !   ¡ TIUN ! Oui, à la nuit... Nuit, notre NUIT... oui, ıno   OUI   ıno !

Ils sont là, presque tous, à présent. Simm ne s'appartient plus. Simm n'est plus personne. Le chant traverse. Les mots traversent. La chair est transparente. Le mot rejoint. Le mot est à toutes les bouches !

— Nuuuuuuuuit !... Ô ma nuuuuuuit !...

Les voix alternent, se soutiennent, communiquent, partagent la parole

— NUIT !

Du fond de la crevasse – du fin fond – l'autre *voix*.
Seul Simm l'entendit.

— Que je t'aime, vieil homme !... Que je t'aime !... Chante !

Premier jour

1
Midi

Le terrain qui entourait l'orifice a été largement creusé, les derniers travaux ont aussi permis de dégager des pelletées de sable qui obstruaient le trou. Le calibre de l'ouverture est à présent suffisant pour permettre le passage d'un corps. Une planchette suspendue à un double filin d'acier s'enfoncera bientôt dans le réduit, bientôt l'homme y grimpera, bientôt il s'y tiendra debout. Ensuite, les sauveteurs le hausseront, par degrés, à l'aide d'une poulie bricolée sur place.

Durant les dernières heures, l'emmuré a accepté de communiquer avec ceux du dehors, collaborant à la mise en place de l'appareil, à sa glissade le long des parois internes.

Pour ne pas gêner la manœuvre, Simm s'est écarté.

Assis à l'ombre de la baraque, il reste toujours aux aguets et à l'affût de cette seconde qui amorcera la remontée, cette seconde que déclenchera le grincement de la poulie.

★

L'annonce du sauvetage a fait le tour du pays. Tous les moyens mis en œuvre pour protéger les lieux se révèlent, en cette matinée, insuffisants. Une multitude monte à l'assaut de la colline. Le service d'ordre est débordé, les premiers barrages sont rompus. Des renforts de police appelés de toute urgence, auxquels sont venus se joindre une partie des secouristes, parviennent enfin à dresser une barrière – faite de piquets, de cordes, de chaînes de bras – à une distance raisonnable de la crevasse.

De l'emmuré, on ne sait toujours rien ; sauf qu'il est étranger à cette contrée. Dans l'ignorance de son état civil, des familles alertées ont dépêché un des leurs sur place. À ceux-là s'est ajoutée la masse des curieux ; puis, tous ceux de la presse et de la télévision.

Peu avant midi, Jaïs se frayait, elle aussi, un passage dans la foule. Avant son départ, elle a échauffé, galvanisé son hameau, en jurant de leur ramener dès que possible, Simm, le triomphateur !

Jaïs pousse des coudes, navigue entre ces dos, glane des renseignements tandis qu'elle marche ; se heurte enfin au cordon surveillé par un officier de police

— Laisse-moi passer !

— Personne ne passe. C'est un ordre.

— Pas pour moi ! C'est mon époux, c'est Simm qui a tout fait ! Sans lui...

— J'ai dit : « Personne ! »

Jaïs tend le cou, glisse la tête par-dessus l'épaule de son interlocuteur, met les mains en cornet devant la bouche, crie du plus fort qu'elle peut pour surmonter la rumeur

— Simm !... Simm !... Viens me chercher !... Je suis ici !

Elle bouscule le représentant de la loi qui cherche à la faire taire

— On m'empêche de passer ! Où es-tu, Simm ?

Jaïs s'inquiète de ne pas apercevoir les sauveteurs, hurle, tempête. Mais qu'il vienne, ce Simm, qu'il la délivre de cet « embourbé » !

— Tu vois, personne ne te répond !

— « Personne, personne, personne !... » Tu n'as que ce mot à la bouche !

Qu'il accoure, ce Simm ! Qu'il la tire des griffes de cet « abruti » ! Lui et toute sa clique, avec leur morgue de geôlier, leur sottise à couper au couteau !

— C'est moi que tu insultes entre tes dents, femme ?... Prends garde, même si tu es vieille !

— Je n'insulte personne. « Personne, personne, personne ! »

Mais où est-il, ce Simm ? Jaïs monte sur la pointe des pieds pour qu'il l'aperçoive, secoue à bout de bras l'écharpe mauve que Simm lui a offerte.

Soudain, parmi le groupe des secouristes, l'interprète la reconnaît. Se retournant, il répond à son signe, pointe son index en direction de la baraque.

Jaïs regarde de ce côté-là... Enfin, elle aperçoit son époux.

Adossé contre la cloison de tôle ondulée, Jaïs voit Simm. Assis. Tranquillement assis !

Que fait-il si loin de tout ce qui se passe ? Si loin de la crevasse dont personne n'aurait pu l'arracher tous ces jours-ci.

— Eh ! Simm !... Simm !... Qu'est-ce que tu fais là ?

Jaïs crie. Mais sa voix sombre dans la ruche bourdonnante des autres voix. Celles-ci sont de plus en plus impatientes, fiévreuses. Jaïs hurle. En vain...

Un peu plus tard, comme touchées par une baguette magique, toutes ces voix basculent d'un seul coup, s'abattent, se tassent, se dispersent, pour laisser place à un immense silence.

Longtemps, une calotte de silence recouvre le terre-plein. Énorme, ce silence. Énorme...

Énorme et subitement râpé, élimé. Subitement, raclé, strié, par ce crissement, ce hiement, ce frottement – aigre – de la poulie

— Ah ! Enfin !...

Simm pousse un soupir et se redresse. Simm se met debout. Simm tourne le dos à la scène ; et gravement, d'un pas modéré, s'en éloigne.

Jaïs appelle

— Où vas-tu, Simm ?... Ce n'est pas le moment de partir !... Eh, Simm, reviens !... Reviens !

★

Simm s'achemine. Un peu plus loin, il s'arrête, approche d'un sapeur-pompier tout au bout de ce cordon qui maintient la foule en respect, et lui parle à l'oreille. L'homme s'absente quelques secondes, revient portant une cruche qu'il déverse entre les paumes du vieillard. Simm se baigne le visage, s'inonde le cou, remercie, reprend sa marche.

— Eh, grand-père !... Tu pars ?... Attends-moi !... J'ai dit que je reviendrais te chercher avec ma motocyclette, et me voici !... Cette fois, tu me suivras !... Eh, tu m'entends ?... Cette fois, je t'emmène, tu me l'as promis !

Simm reconnaît la voix de l'étudiant, essaye de le distinguer parmi la foule compacte, n'y parvient pas ; hausse le bras, le balance d'avant en arrière pour répondre par un salut et continue d'avancer.

Simm va, sans se retourner ; son attention uniquement fixée sur ce bruit qui l'escorte. Ce bruit discordant du filin d'acier dans la rainure, plus attachant que la plus douce des mélodies.

Simm va. Plus loin, parmi un fouillis de décombres et de mobilier, il découvre une chaise intacte, rembourrée de paille. Le vieil homme escalade le tas, tire le siège à lui, le transporte et poursuit sa route, allant vers sa gauche, où les ruines plus basses laissent voir un troupeau de collines, un pan de mer.

Simm ancre les quatre pieds de la chaise dans le sol, s'y installe, à califourchon, le dos au spectacle.

Les bras noués autour du dossier, le front contre la barre de bois, le vieillard s'abandonne à la fatigue. Celle-ci s'abat sur ses épaules comme un vautour, l'enferme entre des ailes repliées, l'agrippe de toutes ses serres, creuse la nuque de son bec. Simm se laisse aller, se laisse aller... jusqu'à ce que tout en lui se dénoue, et que la joie s'installe.

La joie afflue, monte aux joues, prend la forme de chaque trait, s'empare du visage, devient ce visage, ces lèvres, ces pommettes, ces paupières, cette peau...

La joie...

Simm tire son mouchoir grenat de sa poche, le noue aux quatre coins en forme de bonnet, le place sur le crâne. Simm contemple la vallée, les verts, les jaunes, les bleus, qui s'allongent.

Là-bas, loin, à l'arrière, la manivelle est toujours en action. La poulie grince toujours, rassurante.

Là-bas. Le soleil à son zénith coule à pic dans le réduit.

La joie !...

★

— Alors, mon pauvre vieux !

Simm sursaute comme si la voix de Jaïs l'écorchait

— Pourquoi « mon pauvre vieux » ?

— Tu es malade, tu es sûrement malade !

— Malade ?

— Alors, qu'est-ce que tu fais là ?

— Je prends l'air.

— Tu prends l'air ? À un moment pareil ? L'heure la plus importante de ta vie !... Allons, viens, retournons là-bas ensemble. Il faut que tu sois sur place quand l'homme sortira.

— Pour quoi faire ?

— Comment « pour quoi faire » ? Pour qu'ils te reconnaissent, lui et tous les autres !

Simm allonge ses jambes, fait pivoter ses talons plusieurs fois pour bien les incruster dans le sol, serre jusqu'à les faire crisser les barreaux de sa chaise, arrondit le dos.

— Tu t'installes ?

— Je m'installe.

— Tu ne vas pas rester ici, quand c'est autour de la caverne que tout se passe ?

— Tout se passe devant, Jaïs...

— Mais ces jours derniers, tu ne décollais pas de ton trou !

— Ces jours derniers, j'allais vers la même chose.

— Mais qu'est-ce que tu veux dire ? Je ne te comprendrai jamais. Tu vas me rendre folle, Simm ! Tu t'échines,

140

tu farfouilles, tu vas, tu viens, tu flaires la terre comme un limier, tu oublies de dormir, de manger et de boire !... Puis quand le résultat est là, quand tout te tombe dans les mains. Pfftt ! Tu disparais !... Explique-toi, réponds-moi...

— Je t'aime bien, Jaïs, je t'aime bien... Mais si, par-fois, tu pouvais me laisser à moi-même...

— Stupide bonhomme ! Vieille mule ! Lève-toi ! Mais lève-toi donc !... Grimpe au moins sur cette chaise et regarde dans la bonne direction. Je soutiendrai le dos-sier pendant que tu te tiens debout...

Qu'un cyclone se lève ! Un cyclone, aux flancs moel-leux, qui cueillerait délicatement Jaïs, l'envelopperait sans lui faire de mal et la déposerait, pour un temps, ailleurs... Comment peut-on écouter parmi ce moulinet de paroles. Écouter l'air, le chant de la poulie, son pro-pre sang...

— Qu'est-ce que tu marmonnes ?... Tête carrée ! Bûche ! Charrue !... Tu es indécrottable, Simm. Indé-crottable !... D'une minute à l'autre, l'homme va surgir de son trou, ça ne t'intéresse pas ? Tu ne cherches même pas à savoir si c'est celui que tu as aperçu à la fenêtre. La fenêtre bleue, tu t'en souviens ? Tu nous l'as assez serinée, ton histoire ! C'est le moment de la raconter... Aujourd'hui, il y aurait des oreilles pour t'entendre ! La presse, la télévision, ils sont tous là !

— Assez, Jaïs !

— Voilà que tu cries à présent !

Il faut toujours en venir aux extrémités pour se faire comprendre ! Comment se glisser dans la peau des autres, ou les faire entrer dans votre propre peau

— Va-t'en, Jaïs !

— Je m'en vais. Ça ne sert à rien de te parler ! Ça n'a jamais servi à rien !

Entre les phrases, le filin d'acier grince, obstinément.

— Je vois une ambulance... Maintenant, une limou-sine noire... tout au bout du village. Elle s'arrête. Non, elle repart et avance sur le terre-plein...

Le bruit du moteur recouvre celui de la poulie.

141

— Des officiels mettent pied à terre. Ils se dirigent vers le réduit... Tous les écrans du monde vont donner ces images, tu te rends compte, Simm ! Et toi, pendant ce temps !... Je te laisse ! Moi, je vais là-bas !

Les pas de Jaïs s'éloignent, s'arrêtent

— Tu viens ?

Simm fait « non » de la tête. Les pas reprennent, se hâtent.

Depuis quelques instants, on dirait que le grincement s'est tu.

Le vieil homme tend l'oreille, se raidit, se prépare à courir vers l'orifice...

Mais, de nouveau, le raclement a repris.

2
Retour de l'étudiant

— Alors, grand-père, tu fonces dans toute cette affaire, et quand tu touches au but, tu t'en vas !

— Tu ne vas pas me harceler, toi aussi !

— Fais comme tu veux. Mais il y a une chose que tu m'as promise. Tu te rappelles ?

— Me ramener au village sur ta moto...

— Cette fois, tu es d'accord ?

— On le fera !

— Quand ?

— Quand l'homme sera dehors.

— Ça, c'est pour bientôt ! Je ne veux pas, moi non plus, rater sa sortie. Mais d'ici on ne voit pas grand-chose, même si on a de bons yeux.

— Je n'ai pas besoin de mes yeux.

— Pas besoin de tes yeux !...

— Bon, bien, Simm, je ne veux pas discuter avec toi... Je ne te quitte plus, mais je m'installe pour le spectacle !

Au sommet d'une pyramide
de décombres, l'étudiant
découvre une table ovale
qu'il remet sur pied tout en
haut du monticule. Il y
grimpe, écarte les jambes
des deux côtés du plateau
pour se maintenir en équilibre

— D'ici, j'ai une vue plon-
geante. Je suis aux premières loges. Il ne me manque
plus qu'un cigare à la bouche !... Je serai ton chroni-
queur, Simm. Ça te va ?

Le vieil homme applaudit
des deux mains

— Si ça me va !... Ça me
plaît que tu sois là, avec
moi, aujourd'hui...
— Moi aussi ça me plaît,
grand-père ! Ça fait des jours
que j'essaye de t'approcher,
que je fais le tour de la
bourgade, que le cordon de
police m'empêche de pas-
ser... Tu es un taureau,
Simm. Tu es de la dyna-
mite ! Moi aussi ça me plaît
d'être là.
— Qu'est-ce que tu vois,
maintenant ?
— La foule se contient, se
tait. Si la remontée est trop
longue, on ne pourra plus
les retenir, ils briseront les

barrages... Les secouristes tournent la manivelle. Les infirmiers attendent... À présent, ils se penchent à plusieurs au-dessus du trou... ils vont tomber dedans !

En dessous, la terre craque et transpire. Que de cavités à traverser !... Simm aurait voulu être présent lorsque – c'est loin déjà ! – Jaïs donnait naissance à ses fils. Mais celle-ci refusait, prétextant que les hommes tournent de l'œil à la vue de ce sang-là.

— Maintenant, ils reculent, tous ensemble... La foule serrée comme pierre. Un bloc.

Le col se dilate, l'expulsion est difficile. Les membranes de la terre se crampent ; l'orifice se craquelle. La tête

— Les infirmiers viennent de s'agenouiller autour de la crevasse...

s'engage... Les mains se tendent pour aider à sa rotation

— Il remonte, Simm !... J'aperçois... les cheveux...

Mieux qu'avec les yeux, Simm voit !... Ces cheveux gonflés de poussière, ce front couvert de cendre, cette peau presque bleue tant elle est pâle.

— Sa figure, blanche comme du plâtre !...

— Pourquoi s'arrêtent-ils ? Je n'entends plus le bruit de la roue...

— Ils ont du mal... Je crois que les épaules se sont bloquées dans l'ouverture...

— Surtout qu'on ne le replonge pas dans le noir... Il ne le supportera plus !

— Ils font ce qu'ils peuvent, grand-père !

— S'ils le redescendent, je retourne auprès de lui !

— Ça y est, Simm !... Ils le remontent de nouveau. Mais doucement, très doucement... Tu entends la poulie ?

— À peine...

— Oui, oui, le voilà !

Le visage se découvre écaille après écaille. Le torse gravit l'épaisseur à son tour. La terre s'amollit...

Ses bras soudés au corps, l'homme se faufile dans le goulot, remonte, remonte durant des siècles vers son fragment de jour...

146

Le bassin, puis les cuisses,
les genoux...

— Simm, il est debout !...
Je le vois. De la tête aux
pieds !

À l'air libre, dressé comme
une tige !

— Lui mettent-ils du col-
lyre dans les yeux ? Des
lunettes ?
— C'est fait, grand-père,
un infirmier s'en occupe. Le
second lui frictionne les
jambes...
— Parle... Raconte...
— J'ai la langue sèche,
grand-père !

3
Premier jour

Une jeune femme fend la foule, se précipite les bras en avant.

Elle court, court. L'espace à franchir semble infini. Elle passe comme un éclair, tandis qu'autour d'elle tout stagne et se fige. Les sauveteurs s'écartent du rescapé pour la laisser venir jusqu'à lui.

Les voilà, face à face.

La femme s'arrête, le souffle haletant, elle examine l'homme – gris, immobile – des pieds à la tête, esquisse un mouvement de recul... Prend sur elle, avance jusqu'à le toucher, hésite encore. Puis, lève le bras, soulève les lunettes de soleil qui lui cachent une partie du visage. « Non », elle ne le reconnaît pas. « Non, ce n'est pas lui. »

Durant ce temps, l'homme n'a pas bronché ; il s'est laissé faire. On dirait qu'il va tomber en cendres. La jeune femme, bouleversée, hoche la tête plusieurs fois

— Pardon, je croyais... J'avais cru...

Elle s'enfonce à reculons dans la foule, qui la récupère, l'engloutit.

Les caméras ont tout enregistré. Balayant à différentes reprises la distance à parcourir, la distance parcourue, serrant de près les visages : la palpitation de l'un, l'indifférence de l'autre. Cernant ce geste, ce tremblement de la main qui a soulevé les lunettes... poursuivant, jusqu'à leur disparition, dans la masse des spectateurs, ces pieds, élégamment chaussés, qui reculent...

148

Puis, revenant, se braquant sur l'homme
Lentement, douloureusement, celui-ci ébauche son premier pas.

★

Cet afflux de sang dans les jambes. Un mal cuisant. Le ciel est trop cru. Les couleurs coulent. Les visages sont laineux, ils n'ont pas de contours. Je ne vois que leurs yeux. Leurs yeux partout, des phares. La terre est meuble. J'ai peur. J'éloigne les bras. Je voudrais essayer, seul... mettre un pas devant l'autre... seul, en m'aidant de mes bras... comme on nage... L'air, le plein air... je le bois... Je suis là. Ici !... C'est lancinant. Vivre !... Ça crie entre mes tempes... Un pas devant l'autre. Le ciel est trop blanc, le sol... un lac chromé... Si je glissais... Non. Un pas après l'autre. Sans se presser. Ne pas être reconnu encore. Libre. Sans lieu, sans nom. Quelques secondes encore... Seulement, la vie... comme un vertige, immense... IMMENSE...

★

— Tu me soûles de paroles, Jaïs ! Tu connais ton époux mieux que personne ! Que veux-tu qu'on y fasse s'il refuse d'être ici ?
Elle s'accroche au bras de l'interprète
— Jamais là où il faudrait !... Jamais !
— S'il est content où il est, laisse-le ! Il ne m'écoutera pas plus qu'il ne t'écoute !
— Souffle-leur au moins son nom à ces journalistes. Toi, tu sais bien tout ce qu'il a fait !... Peut-être qu'eux le forceront à revenir... Regarde, il est là-bas...
— Où, là-bas ?
— À gauche de la foule... tu vois ce monticule... surmonté d'une table sur laquelle se tient en équilibre un jeune homme qui porte une veste de cuir ?
— Je vois le jeune homme...
— En bas, encore plus à gauche, la personne qui est assise, nous tournant le dos... Eh bien, ça, c'est lui : Simm !

L'interprète hausse les épaules, échappe à l'étreinte de Jaïs, rejoint les sauveteurs.

— Mon pauvre vieux, ils t'ont tous oublié !...

Mais la femme ne se décourage pas, elle parle aux uns, aux autres, essaye d'atteindre le rescapé. Celui-ci, terreux, fragile, debout sur ses pieds joints, ressemble à du linge tordu, à une momie que le soleil va effriter !... Jaïs a pourtant confiance en lui ; d'ici quelques secondes, quand il aura repris ses sens, il réclamera Simm ! Par-dessus toutes ces têtes, il rappellera le vieil homme... Et Simm, écoutera cette *voix-là* ! Pour lui, Simm reviendra. Jaïs est en attente... D'une seconde à l'autre, elle le sent, elle le sait, l'homme va crier

— Où est Simm ?... Je veux Simm !... Il faut que Simm soit ici, à mes côtés !

Et Simm aura beau protester, jouer à l'indifférent... à l'appel de l'emmuré, il accourra. Heureux d'être appelé, heureux que l'autre se souvienne. « Je te connais, mon bonhomme, je te connais. À sa voix, tu vas fondre !... » Ensuite ?... Ensuite, ils rentreront au village. Simm et Jaïs, bras dessus, bras dessous, des piles de journaux sous les bras avec leurs photos en première page.

— Mais qu'est-ce qu'il attend pour appeler ? Qu'est-ce qu'il attend ?

Jaïs se faufile entre les secouristes, s'accroche à un des infirmiers, comme si elle avait une communication importante à lui faire. Si le survivant continue à se taire, à serrer les lèvres comme il le fait, elle approchera et carrément lui soufflera

— Simm !... C'est lui qui t'a sauvé !... Tu te souviens ? Il est là-bas. Il attend que tu l'appelles ?

Tout en se parlant, Jaïs se hausse sur la pointe des pieds pour apercevoir de nouveau son époux. Il est toujours assis, enraciné sur place. Seul, cette fois. Même le jeune homme, qui était debout sur le monticule, l'a quitté !

— Mon pauvre vieux...

Qu'attend-il, l'emmuré ? Il n'ose rien, même pas mettre un pied devant l'autre, même pas prononcer une parole. Et les autres ! À le regarder comme s'ils étaient tous frappés de paralysie !... On dirait un fantôme qui tient cette multitude sous son emprise...

★

Le jour est ample. Des milliers de feux s'allument sous ma peau. Je n'appartiens à rien encore. À rien... Je suis. J'appartiens à la vie. Seulement à la VIE. Rien qu'à elle !... C'est bon !... Où est mon corps ? Où commence-t-il ? Où finit-il ? Je voudrais sourire, je ne peux pas encore. Pourtant, tout sourit en dedans. Ivre, lancinante, cette vie ! Des galaxies entre les tempes, des océans dans les veines. L'amitié de l'air. Serre-toi contre les parois de l'air. Entre dans le temps, sans oublier ce que tu sais, ce que tu portes... Mets un pas devant l'autre. Essaye encore. Des mouches bourdonnent. La jambe se soulève mal, entraîne des épaisseurs de terre... Vivre, longuement, sur place... comme l'arbre. Visiter, longuement, le pays de son corps, le bruissement de la vie sur les choses. Si peu de chair et tant de rumeurs en nous !... Cet appétit soudain, cette fièvre... Le sol est immense. Célébrer le retour. S'en souvenir ensuite. Célébrer jour à jour. Garder cet espace, ce tressaillement du premier jour. Sa densité. La densité de tous : la femme, l'étranger, le passant... La ferveur, plus puissante que les nuits. Garder cela... Où est-il, celui qui m'appelait ? Où sont-ils, lui et sa voix ? Là, en avant. Il faut que je le retrouve. Que je lui dise... Un pas, un autre. Encore. Surmonte le vertige. Il est là, soulève le genou...

★

— L'homme s'écroule. La civière, vite !
Jaïs s'affole
— Ils vont l'emporter ?...
— Il a besoin de soins.
— Il ne veut pas, il se débat. Il cherche à parler... Mais qu'on le laisse parler !...
Jaïs a rejoint ceux qui le soutiennent. Les caméras qui font face enregistrent le moindre frémissement de

son visage. D'un instant à l'autre, le nom de « Simm » fleurira sur ses lèvres, fleurira sur l'écran. Leur existence au village en sera toute changée !... « Simm », c'est un nom facile à retenir, un nom qui se prononce sans effort, même par un moribond !... Il suffit de joindre les dents pour un sifflement, de laisser la langue se rabattre, d'écarter les lèvres comme pour sourire : « Simm, Simm, Simm, Simm... »

— Qu'est-ce qu'il cherche à dire ?

— Il veut appeler quelqu'un...

— C'est Simm, qu'il appelle...

— Tu n'en sais rien, tu n'es pas dans sa tête !

Jaïs sait. Elle est si près qu'elle touche le bras de l'homme couvert d'écailles de terre ; tandis que les autres le soutiennent, le font avancer comme une statue. Jaïs est si proche, qu'elle pourra lire le mot sur sa bouche et le répercuter dès qu'il le prononcera...

Voilà, il va joindre ses dents comme pour un sifflement, il va laisser sa langue...

— Non, non, pas comme ça...

L'infirmier repousse Jaïs

— Ôte-toi de là !

Pourquoi l'homme serre-t-il ses lèvres ? « Simm » ne se dit pas en serrant les lèvres.

L'homme rompt, un instant, l'étreinte, la pression de toutes ces mains sur lui. Il parvient, l'espace de quelques secondes, à se tenir debout. Seul. L'homme ouvre largement les bras en avant, fait deux, trois pas. Et distinctement, ne laissant rien échapper de la syllabe, il crie

— BEN !...

★

Le cri l'a épuisé, l'homme s'effondre.

— Qui a-t-il appelé ?

— Ben !

— Personne ne s'appelle Ben par ici !

— C'est quelqu'un de sa famille qu'il réclame !

152

Jaïs laisse tomber les bras. Laisse emporter la civière
— BEN !...
Couché, enveloppé dans une couverture, l'homme s'est évanoui. L'ambulance s'ouvre, on l'y introduit. Les infirmiers, le médecin, un journaliste l'accompagnent.
— Quelques jours à l'hôpital et tout ira bien !
La porte claque, le moteur se met en marche.
La voiture démarre lentement ; s'éloigne, disparaît.
D'un coup, les cordons de police se rompent. La foule se répand sur le terre-plein, visite les ruines, examine, attentivement, la cavité.

— J'ai été chercher ma motocyclette, et me voici revenu, grand-père ! En passant, je les ai vus emporter le rescapé sur une civière. Puis, l'ambulance est partie.
— Comment va-t-il ?
— Quelques jours d'hôpital, et il pourra repartir dans son pays.
— Je suis heureux. Heureux.
— Tu dois surtout être mort de fatigue. C'était un vrai cauchemar...
— Non, ne crois pas cela... Parfois c'était dur, mais j'ai *vécu*.
— Tu rentres chez toi, à présent ?
— Je rentre.
— C'est moi qui te ramène ! On prendra l'autoroute.
— Ça me va !

Le jeune homme tapa sur la selle arrière de sa moto

— Allons, grimpe là-dessus...
Maintenant, mets tes bras
en ceinture autour de ma
taille... Il faudra t'accrocher, surtout dans les vira-
ges... Je les prends, le flanc
à ras de sol !... Tu n'as
pas peur de la vitesse, au
moins ?
— La vitesse !...

L'étudiant se retourna, les
yeux de Simm étincelaient

— La vitesse, je veux la
connaître ! Roule aussi vite
que tu veux !
— Tiens fort quand même !
Ça bondit encore plus vite que
tu n'imagines, ces engins-là !
Surtout, ne desserre pas les
mains. Le terrain par ici est
plein de bosses, tu vas être
drôlement secoué !

. . . .

Serrés l'un contre l'autre,
Simm et l'étudiant traversent la bourgade démolie,
zigzaguent autour des obsta-
cles, contournent l'arbre fou-
droyé, descendent le long
d'une série de lacets avant
de déboucher sur l'auto-
route. Celle-ci s'étale à perte
de vue : évasée, lisse

— Tu tiens fort ?
— Ne t'en fais pas, je tiens !

Le jeune homme rabat vers
lui la manette des gaz. Le
moteur s'emballe

— Cette fois, grand-père,
on y va !

Simm serre les genoux, se
penche de côté par-dessus
l'épaule du conducteur, hurle
par-dessus le vacarme

— ON Y VA !

TABLE

TERRE RASE

1.	La fenêtre	6
2.	La secousse	13
3.	L'arène	18
4.	Paroles	22
5.	Terre rase	27
6.	L'étudiant	30
7.	L'orifice	39
8.	La rencontre	50
9.	Le cri	54
10.	Célébration	59

L'AUTRE

1.	L'écho	64
2.	Du cinéma	68
3.	L'autre	81
4.	Est-ce que tu vois le jour ?	85
5.	La crevasse	91
6.	Le nom	94
7.	L'échelle du temps	101
8.	Descente vers la mer	116
9.	Le silence	120
10.	Les larmes	125
11.	Le grand battement	128
12.	Le chant	131

PREMIER JOUR

1.	Midi	136
2.	Retour de l'étudiant	143
3.	Premier jour	148

CATALOGUE LIBRIO (extraits)

POÉSIE

Charles Baudelaire
Les fleurs du mal - n° 48
Le spleen de Paris - *Petits poèmes en prose* - n° 179
Les paradis artificiels - n° 212
Marie de France
Le lai du Rossignol *et autres lais courtois* - n° 508
Michel Houellebecq
La poursuite du bonheur - n° 354
Jean-Claude Izzo
Loin de tous rivages - n° 426
L'aride des jours - n° 434
Jean de La Fontaine
Le lièvre et la tortue *et autres fables* - n° 131
Contes libertins - n° 622
Taslima Nasreen
Femmes - *Poèmes d'amour et de combat* - n° 514
Arthur Rimbaud
Le Bateau ivre *et autres poèmes* - n° 18
Les Illuminations *suivi de* Une saison en enfer - n° 385

Saint Jean de la Croix
Dans une nuit obscure - *Poésie mystique complète* - n° 448
(*édition bilingue français-espagnol*)
Yves Simon
Le souffle du monde - n° 481
Paul Verlaine
Poèmes saturniens *suivi de* Fêtes galantes - n° 62

ANTHOLOGIES

Présentée par Sébastien Lapaque
J'ai vu passer dans mon rêve
Anthologie de la poésie française - n° 530

En coédition avec le Printemps des Poètes
Lettres à la jeunesse
10 poètes parlent de l'espoir - n° 571

Présentée par Bernard Vargaftig
La poésie des romantiques - n° 262

REPÈRES

Pierre-Valéry Archassal
La généalogie, mode d'emploi - n° 606
Bettane et Desseauve
Guide du vin - *Connaître, déguster et conserver le vin* - n° 620
Sophie Chautard
Guerres et conflits du XXᵉ siècle - n° 651
David Cobbold
Le vin et ses plaisirs - *Petit guide à l'usage des néophytes* - n° 603
Clarisse Fabre
Les élections, mode d'emploi - n° 522
Daniel Ichbiah
Dictionnaire des instruments de musique - n° 620

Jérôme Jacobs
Fêtes et célébrations - *Petite histoire de nos coutumes et traditions* - n° 594
Claire Lalouette
Dieux et pharaons de l'Égypte ancienne - n° 652
Jérôme Schmidt
Génération manga - *Petit guide du manga et de la japanimation* - n° 619
Gilles Van Heems
Dieux et héros de la mythologie grecque - n° 593
Patrick Weber
Les rois de France - *Biographie et généalogie des 69 rois de France* - n° 650

DOCUMENTS

Éric Anceau
Napoléon (1769-1821) - n° 669
Samuel Aslanoff
La Coupe du monde à tous les stades
- n° 529
Adrien Barrot
L'enseignement mis à mort - n° 427
Jacques Chaboud
La franc-maçonnerie - *Histoire,
mythes et réalités* - n° 660
Jean-Jacques Gandini
Le procès Papon - *Histoire d'une
ignominie ordinaire au service de
l'Etat* - n° 314
Gérard Guégan
Debord est mort, le Che aussi. Et
alors ? - n° 314
Brigitte Kernel et Éliane Girard
Fan attitude - n° 525
Un été d'écrivains - n° 535
Adrien Le Bihan
Auschwitz Graffiti - n° 394
Jean-Jacques Marie
Staline - n° 572
Françoise Martinetti
Les droits de l'enfant - n° 560
La Constitution de la Vᵉ République
- n° 609
Karl Marx et Friedrich Engels
Manifeste du parti communiste
- n° 210
Claude Moisy
John F. Kennedy - n° 607
Catherine Normier
Bleus Marine - n° 509
Hubert Prolongeau
La cage aux fous - n° 510
Pierre-André Taguieff
Du progrès - n° 428
Jules Verne
Christophe Colomb - n° 577
Patrick Weber
L'amour couronné - *Silvia de Suède,
Grace de Monaco, Mme de Maintenon*
- n° 531

ANTHOLOGIES

Présentée par Jean-Jacques
Les droits de l'homme
Textes et documents - n° 250

Présentée par Philippe Oriol
*J'accuse ! de Zola et autres
documents* - n° 201

Présentée par Jean-Pierre Guéno
Mon papa en guerre
*Lettres de poilus, mots d'enfants
(1914-1918)* - n° 654

EN COÉDITION AVEC LE JOURNAL
LE MONDE
Sous la direction de Yves Marc
Ajchenbaum
Coup de chaud sur la planète - *Les
dérèglements climatiques* - n° 449
Les femmes et la politique - *Du
droit de vote à la parité* - n° 468
La peine de mort - n° 491
Les présidents de la Vᵉ République
- n° 521
Israël – Palestine - n° 546
Les maladies d'aujourd'hui - n° 567
**Les États-Unis, gendarmes du
monde** - n° 578
Voyage dans le système solaire
- n° 588
La guerre d'Algérie - n° 608
Indochine - *1946-1954 : de la paix
manquée à la « sale guerre »* - n° 629
L'Europe : *25 pays, une histoire*
- n° 645
Il était une fois la France - *Chronique
d'une société en mutation 1950-2000*
- n° 658

EN COÉDITION AVEC RADIO FRANCE
Sous la direction de Jean-Pierre
Guéno
Paroles de poilus - *Lettres du front
(1914-1918)* - n° 245
Paroles de détenus - n° 409
**Mémoire de maîtres, paroles
d'élèves** - n° 492
Paroles d'étoiles - *Mémoires
d'enfants cachés (1939-1945)* - n° 549
Premières fois - *Le livre des*

203

Achevé d'imprimer par GGP en Allemagne (Pössneck)
en novembre 2008 pour le compte de EJL
87 quai Panhard-et-Levassor, 75013 Paris
Dépôt légal novembre 2008
1er dépôt légal dans la collection : janvier 1998
EAN 9782290346907

Diffusion France et étranger : Flammarion